Las lunas de Atacama

Las lunas de Atacama

© Andrea Amosson, 2016
Inscripción de Propiedad Intelectual N° 52304

© Por el prólogo: Claudia Martínez Echeverría

© Ediciones del Desierto Ltda.
Casilla 49, San Pedro de Atacama, Antofagasta
Volcán Lascar 67A, Ayllu de Solor
www.edicionesdeldesierto.cl

I.S.B.N 978-956-9693-06-9
Primera edición

Dirección editorial: Diego Álamos
Diseño y diagramación: Camila Salas
Revisión del texto: Nina Avellaneda

Fotografía de la portada: *Tren de pasajeros*, 1905, papel positivo monocromo, anónima. (Catálogo de Fotografía Patrimonial del Museo Histórico Nacional, N° de inventario: AF-156-19).

Impreso en IngramSpark, que sólo actúa como impresor. Impresión bajo demanda. Atacama Press en acuerdo con Ediciones del Desierto.

Las lunas de Atacama

Andrea Amosson

EDICIONES
DEL
DESIERTO

LA LUNA NO ES DE QUESO: ES DE GALLETA
PRÓLOGO PARA (RE)LEER AL FINAL

Basta leer unas pocas páginas para que Galleta esté ya ahí, perfectamente perfilada, desafiante, valiente y testaruda. De la misma manera, basta leer unas pocas páginas para que, como lectores, quedemos atrapados en esta novela que juega hábilmente con la historia, con hipertextos, con imágenes potentes y con nuestros horizontes de expectativas.

La luna es la clave: misteriosa, femenina, cambiante. La cara que nos muestra no es ni falsa ni verdadera. Por todo ello y más, es la única capaz de enfrentarse al desierto, a este desierto que también viene marcado con signo de mujer: es la Atacama y, como tal, seduce y atrapa. Este desierto se espejea y se hace mar, con sus propias sirenas que encantan y entrampan a los hombres para sepultarlos en vida, atándolos para siempre al trabajo de las minas.

¿Y Galleta? Galleta / Wyetta carga con todas estas marcas. La luna le ha dejado una constelación en el cuerpo, indicándole el camino, invitándola a navegar. Y ella acepta el llamado sin dudar, ni por un instante, en que su intuición es cierta y nos convence y la seguimos. En ese momento olvidamos que la luna tiene caras diversas…

La luna es también la madre, cuya luz protectora cobija a Wyetta. Esa luz llega a todas partes: es una entidad poderosa, omnipresente, una diosa que no juzga, que espera, que no se deja impresionar por las rabietas de una hija rebelde. Esa luz no refleja alucinaciones: el desierto no puede con ella.

Pero el desierto, la Atacama, tiene sus propias tretas y engaña con espejismos a quienes se aventuran a recorrerlo. Esta novela también juega con esos espejos distorsionados y es trabajo nuestro, de los lectores, descubrirlos y descifrarlos. A modo de ejemplo, la tríada Wyetta / Ulises / Armando conforman, sin proponérselo, una familia, pero al mismo tiempo, Armando es un reflejo de Galleta: también está buscando a los suyos, y por eso es que nuestra protagonista, al ayudarlo, se ayuda a sí misma, desdoblándose sobre sus propios problemas. Incluso su apelativo es producto de este espejo que distorsiona su nombre, un anglicismo impronunciable, transformándolo en golosina de niños.

Así emprendemos el rumbo: mientras un Ulises se queda en tierra, resguardando su propio secreto, esta hija de la luna emprende viajes y vive mil aventuras, dispuesta a todo para desentrañar sus orígenes. Si en el clásico cuento infantil los niños siguen migajas de pan, acá tenemos a Wyetta deshaciéndose en migas de galleta que la llevarán hasta la verdad escondida tras esa pequeña puerta que no sabemos si existe.

Estas dulces migas invisibles, dispersas en el desierto, se contraponen a la violencia de la cicatriz con que los rieles del tren marcan las arenas, reflejo del trauma histórico y de los traumas personales. A través de esa herida que no termina nunca de cerrar, el Longino cruza el desierto/mar travestido en ballena, acortando distancias insalvables para el Chile de 1920.

El clásico tópico del viaje inunda estas páginas mostrándonos mundos ya perdidos: bajamos del Longino para encontrarnos en una Estación Mapocho llena de vida, para recorrer las calles de Avenida España con las mansiones en su plenitud y para recorrer la Alameda de las Delicias en tranvía. Los escenarios se entrecruzan con los tiempos, con las clases sociales y con las antiguas costumbres: el Earl Grey de las 5 tiene que endulzarse con cubitos de azúcar, porque el azúcar "en cuchara" no es azúcar.

Para quienes han leído los textos anteriores de Andrea Amosson, algunos tópicos pueden resultar familiares: la búsqueda de la identidad, la fuerza de la genealogía materna, el cuerpo/texto que no sabe mentir… Y sin embargo, a pesar de la reiteración, no hay nada repetido en este nuevo libro. Esto me parece importante de destacar porque nos habla de una escritura versátil, creativa, que se auto-inventa desde sus propias obsesiones. Como la luna, que se las arregla para mostrarnos siempre una cara distinta. Como la vida, en definitiva, que se multiplica cada día con una experiencia siempre nueva.

—Claudia Martínez Echeverría
Doctora en Literatura

AGRADECIMIENTOS

Quisiera agradecer a mi gran amiga de vida y letras, Claudia Martínez Echeverría, quien me acompañó en el solitario trabajo de escribir esta novela y por su prólogo a mi obra.

Muchas gracias a Rebeca Illescas por su lectura atenta del manuscrito.

Agradezco a Kristha Archila por las hermosas fotos que me tomó en una hermosa tarde de Dallas.

A Ian Thomson, por abrirme el mundo del ferrocarril en el año 1994, durante la visita a la maestranza de la estación Baquedano, plantando así la semilla de esta nueva historia.

Y a mi madre, Norma Herrera, por leer con paciencia las páginas nuevas de esta novela, durante tantos meses.

—Andrea Amosson

A Kyhl.

A Ignatio y Kristof.

A Enrique Maluenda González, mi padre.

ENCUENTRO

Para entonces yo era una maestra polizona y sabía calcular cuándo tendríamos luna llena. Lo único que odiaba de viajar en los trenes era la falta de aquel lamparón amarillento que iluminaba el vagón de carga, haciéndolo más tolerable porque siempre tuve miedo a la oscuridad. Por la escotilla de vidrios opacos, la luna vigilaba mi sueño y me hacía sentir más cercana a la tierra, menos volátil. Viajaba sin pagar y conservaba una cuota de inmadurez que me hacía pensar que yo era valiosa solo por ser diferente: de tez morena, cabellos negros y lacios y con un odio voraz por aquellas ropas que mi familia de ingleses me había impuesto durante tantos años; esos trajes largos, calurosos y pesados que debíamos arrastrar bajo los rayos del sol, en un desierto que nos repelía como el aceite de linaza al agua. La luna me permitía ser la mujer real, no la disfrazada de extranjera. Por eso, según yo, estaba cubierta de lunares, esos lunares que iniciaban un recorrido desde mi cuello, avanzaban por el pecho y culminaban en mi antebrazo. Supuse que yo era hija de la luna, aunque reconocía una pasión desmedida por el sol y era la única que amaba broncearse a cuerpo entero, mientras mis padres y mi hermana se resguardaban con sombrillas de tela blanca cuando asistíamos al balneario de la ciudad. Al cabo de diez minutos, los tres parecían camarones rojos mientras que mi piel lucía más lustrosa y el pelo me brillaba, sedoso al fin.

Entre ambos astros, prefería a la luna. En eso pensaba cuando oí ruidos que venían desde el otro extremo del vagón. Me sobresalté, pero luego recordé una jaula de gallinas que alguien había instalado en la carga.

Lo que me haría falta iba en la cartera: algo de oro en pepitas y las joyas que había hurtado de Victoria, mi madre. Con eso sería suficiente para organizar la búsqueda de *mi* madre. Conocía una buena casa de empeño en la capital, donde no me harían preguntas sobre la procedencia de mis continuos tesoros: las diademas, los anillos, gemas preciosas, los abrigos de piel. Evitaría que Ulises, el jefe de la estación Varillas, me viera y continuaría el viaje hasta la capital sin distracciones.

La verdad es que por años quise ser invisible y en los breves meses que llevaba de fugada usando los trenes para ir de norte a sur, aquel deseo parecía haberse vuelto realidad. Pero por contraste, me retraía a mi casa, la gran mansión Eastman, donde todo el mundo reparaba en mí.

A la llegada de un nuevo invitado a casa, el mismo procedimiento ocurría: el huésped hacía un recorrido visual por el grupo. Comenzaba por el más alto, mi padre, de cabellos color miel; luego mi madre y sus pelos rubicundos como de choclo recién cortado. A continuación, mi hermana Madeline, que ya me ganaba por una cabeza aunque era cinco años menor. Y la última era yo, la morenita, gorda, de lunares en el cuello. Las miradas, como era obvio, se detenían en mí. Luego los ojos se movían de un lado a otro, desde mi padre a mí. De mi madre a mí. De mi hermana a mí. Y cuando el sujeto comprobaba que no había ninguna forma de conectarme físicamente con la familia, mi padre intervenía: "y ella es Wyetta, nuestra hija mayor". Por eso y por tantas otras razones, yo sabía que no era una Eastman y estaba convencida de que en uno de aquellos viajes, del norte a la capital, encontraría la verdad que tanto estaba buscando: mi verdadero origen y *mi* verdadera madre.

De momento otra vez el ruido me sobresaltó y no era de cacarear de gallinas. Me quedé quieta, casi sin respirar. Tuve miedo, que tal si yo no era la única polizona en el viaje. Ya me había sucedido, en el primer recorrido un hombre borracho intentó abusar de mí. No lo logró. O quizás sí. Esa memoria la he bloqueado.

Me puse alerta. Desde la noche del ebrio que yo viajaba con un cuchillo escondido en el escote, un cuchillo de caza que había encontrado en una de las maletas que pertenecían a un alemán, en un nuevo viaje que hice poco después de esa noche en cuestión. El cuchillo era filudo, tenía un estuche de cuero y con correas se sujetaba al pecho. Ante la alerta del ruido y la posibilidad de otro ataque, retiré el arma en el máximo silencio y me quedé a la espera. El intruso se tendría que revelar.

Deben haber pasado diez minutos desde el primer ruido, en la penumbra de la luna. Yo esperando atenta, casi vencida por el sueño y con frío. Hasta que lo vi. Era una silueta que avanzaba por el centro del vagón, a tropezones, pateando bultos, chocando con baúles, haciendo muestras de un precario equilibrio. "¡Está bebido!", pensé y un dolor agudo me atravesó los muslos. Entonces pensé que sí, que quizá aquel hombre en noche sin luna sí me había violado. Pero ahora estaba lista. Me puse en cuclillas para saltarle al cuello en caso de que se acercara demasiado.

Vi la silueta moviéndose por el vagón, notaba el cabello corto, los hombros un tanto redondeados, baja estatura. Muy corto para ser un hombre… era un niño.

Bajé la guardia, dejando el cuchillo en el suelo cerca de mí. Era un niño. A la luz ambarina de la luna las lágrimas que corrían por sus mejillas brillaban. Lágrimas y mocos, su rostro. El niño lloraba, se caía, se paraba y trataba de avanzar. Y volvía a caerse. Y volvía a llorar, en sollozos breves. Se cubría la boca. Trataba de limpiarse la nariz. Volvía a caer. De pronto esa tristeza infinita que el niño sentía se me entró toda al cuerpo. Compartí su desconsuelo, pero antes de ponerme a llorar le hablé, porque no había nada menos productivo que dos polizones berreando en medio de la noche.

—Niño, niño… ¿estás solo? —susurré. El niño se paralizó donde estaba. Nada más le vi asentir con la cabeza— ¿Estás solo? ¿Seguro?

El niño volvió a asentir, tratando de mirarme en la oscuridad.

—Quédate ahí —le dije—. Siéntate arriba de ese baúl… Sí, ése…

El niño obedeció, mientras que yo tomé mi cuchillo, me amarré en el brazo derecho la estola de visón que había hurtado de uno de los baúles y me dispuse a registrar el vagón. No fuera a ser cosa que el niño estuviera acompañado y que ambos nos lleváramos la sorpresa horrenda de comprobar lo brutales que pueden ser los hombres. Y que él descubriera, ante la mirada ambarina de la luna, en lo que él se podría convertir.

Con el corazón palpitando a toda máquina y presta a reaccionar a la menor bulla, crucé el carro, miré detrás de cada baúl, cada bolsa, cada jaula de pájaros agonizantes. Era cierto, el niño estaba solo.

Me volví a mi rincón. Siempre viajaba en el mismo lugar. Había logrado desclavar algunas tablas y escondía en un piso falso algo de comida o bebidas para el viaje, lo que me traía del coche comedor.

—Niño, ¿cómo te llamas?... Niño, te pregunté que cómo te llamas…

Cogí un trozo de pan y la cantimplora con té que había guardado y decidí acercarme a él. Empecé a narrar mis movimientos para no asustarle. "Te voy a dar de comer, no te asustes", le dije. Le miré los pies y aunque estaba sentado, los movía como queriendo correr, pero su rostro inexpresivo me indicaba que se había quedado inmóvil por el susto. Era tanta su angustia que me erizaba la piel.

—No tengas miedo. Yo no te voy a hacer nada malo… Solo quiero darte algo de comer. ¿Tienes hambre?, ¿quieres té?

El niño dijo que sí con la cabeza. Le dejé el pan y el té en el piso esperando que agarrara pronto la cantimplora porque de seguro se voltearía con los saltos del tren. Por suerte el mocoso se destrabó y lo vi agacharse para cogerla. El té era negro y se lo bebió casi sin respirar, sin importarle la falta de azúcar. Victoria, mi madre, nos había acostumbrado a consumirlo sin azúcar ni crema, porque era habitual que aquellos dos ingredientes escasearan. Los ingleses se aseguraban una provisión continua de té, pero olvidaban el endulzante en cubitos y la crema. Y Victoria Eastman no quería renegar de la costumbre de poner cubitos, no cucharadas, en su taza de las cinco de la tarde. Así es que yo había crecido bebiendo el té negro, amargo y pensé que el niño lo rechazaría, pero no fue así. La dimensión de su sed me hizo comprender que venía desde Iquique, no de Antofagasta, porque no habíamos pasado tantas horas de calor ese día…

–¿Cómo te llamas?... ¿Te comió la lengua el ratón?… Yo me llamo Wyetta, pero me puedes decir "Galleta". Mis amigos me dicen Galleta…

El niño seguía sin responder, pensé que tendría unos ocho años.

Cogió el pan entre sus manos y retiró las migas, las remojó en algo de té y se las comió; al final, la cáscara. Me sorprendió el orden particular en que desarmó el bollo. Los ingleses comían pastelitos y tostadas, no aquellos panes gordos que yo me robaba del coche comedor. El niño sabía de aquellas masas, comprobé.

–¿A dónde vas?, ¿dónde tomaste el tren?, ¿en Iquique?

Asintió con timidez, venía de Iquique, pero no me explicó nada más. El niño no ayudaba y lo único que yo sabía era que viajaba solo y que se había montado al tren un día y medio antes que yo.

–¿Vas a la capital?, ¿vives allá? ¿Eres de Iquique? –movió la cabeza en negativa.

No era de Iquique, tampoco de Santiago. No obstante, allí estaba, en el único tren que recorría el país de punta a cabo, el Longitudinal Norte, el tan desgraciado Longino.

El niño arruinaba mis planes originales. No podría descolgarme del convoy antes de entrar en la Estación Mapocho en la capital, no con un niño. Para tirarse del tren en ese tramo había que tener las piernas firmes para caer sin quebrarse un tobillo y luego huir de los guardavías a toda carrera. No, el niño terminaría en las garras de algún centinela y del centinela, a los policías y a la cárcel. Más aún si el niño no hablaba. De seguro también me agarrarían a mí…

Tuve que cambiar los planes por el niño y por esa tristeza que él portaba, que bien podía ser que ambos portáramos. Decidí que nos bajaríamos en

Varillas. Ulises era inteligente, vivido, él sabría qué hacer con este niño mudo.

–¿Tienes sueño? –le pregunté.

Registré de nuevo el baúl que antes había desarmado y quedaban tres abrigos. Benditas las mujeres y su amor por las pieles. De seguro aquel cofre era de la familia extranjera que abordó en Baquedano. Improvisé una cama para el mocoso con uno de los gabanes. Le indiqué que se acostara y lo cubrí. Lo miré un rato cuando estaba tendido, volvió a mover las piernas como si quisiera correr, pero seguía inmóvil en su sitio.

–Me voy a ir al otro lado del vagón, a dormir, ¿entiendes? Duerme todo lo que puedas, mañana será un día largo…

Desde su cama hechiza me miraba en silencio, mientras otra lágrima le empezaba a correr por la mejilla. Me fui a mi rincón arrastrando otro abrigo, como haciéndole quite a la lloradera. Además, casi no habíamos dormido y el tren pronto haría la primera parada en la estación Varillas, a mitad de la noche; necesitábamos descansar aunque fuera unas horas para estar más o menos firmes antes de saltar y así no acabar debajo de las vías, como alimento para coyotes.

Horas después, el tren anunció la proximidad de la estación Varillas con un pitazo ronco. Me levanté de mi rincón y fui a despertar al niño; sin embargo, no estaba donde yo lo había dejado.

"¡Niño, niño!", llamé en voz alta. "Te voy a buscar, no te asustes". Di vueltas por el vagón hasta que lo encontré en el ángulo opuesto de dónde lo había acostado, acurrucándose por el frío junto a las gallinas.

–Nos vamos a bajar en esta estación, ¿entiendes? Tienes que venir conmigo.

Era noche cerrada. Lo agarré de la mano y sentí su resistencia, por lo que tuve que tironearlo un poco. Llegado el momento, abrí la pesada puerta de metal y le grité que saltara, que el convoy no iba tan rápido, pero el niño estaba paralizado, así es que no tuve más remedio que empujarlo tren abajo. Ni siquiera en ese momento gritó. Lo vi rodando por el suelo polvoriento de *la*

Atacama y me reí. Entonces me lancé yo, con mi bolsa y el abrigo.

—¿Estás bien? —le pregunté cuando llegué donde él. Estaba tirado en el suelo, de espaldas. Respondió que sí con la cabeza— Vamos —agregué, cogiéndolo del brazo y guiándolo hacia la copa de agua que coronaba la pequeña estación.

Nos quedamos escondidos a los pies de la copa, esperando a que el conductor y el ayudante se bajasen del tren. El niño se sentó con las piernas cruzadas, a lo indio, y vi que escondía la cabeza en el pecho. Entrecruzó los brazos y cerró los ojos. Minutos después Ulises emergió desde la casucha que servía de estación, alumbrándose con la lámpara de aceite. Con la mano derecha trataba de bajarse unos mechones de pelo que estaban parados por el mal dormir. Conversó con los hombres y se concentró en su rutina de cargar agua, cogiendo la cuerda que sujetaba el tubo para llevar el agua desde la copa hasta el tren. Al contacto con el agua fría, el carbón chirrió y el vapor dibujó nubes que parecieron algodones huérfanos contra el cielo estrellado. El Longino hizo un ruido parecido a balazos y el niño dio un salto, se puso de pie como impulsado por resortes y echó a correr sin sentido, hacia la profundidad del desierto. Me levanté para seguirlo, pues si nos veían, estaríamos en problemas. El conductor se daría cuenta de que éramos polizones, nos sentarían amarrados en la locomotora y ante sus miradas vigilantes, nos llevarían a enfrentar a la justicia en la capital. Ulises no podría ayudarnos, tenía prohibido recibir visitas en la estación, así es que la única explicación posible de nuestra presencia sería la de ser criminales. Por eso debí correr para alcanzar al niño y taparle la boca, que no gritara, aunque no sé bien con qué objetivo lo hice, puesto que el niño no hacía el menor intento de formular sonido.

—¡Niño, para! —susurraba yo corriendo detrás de él— ¡Nos van a descubrir! ¡Quédate quieto! ¡Es la policía!

El niño se paró en seco ante estas palabras y luego se tiró al suelo de panza, cubriéndose la cabeza con los brazos. Me pareció una reacción extraña y me acerqué con cuidado. Ahí estaba, le habían abierto las fuentes del llanto y las lágrimas caían una tras otra, siguiendo un camino delgado de tragedia en sus mejillas.

—Nos vamos a quedar aquí, hasta que el tren se vaya. ¿Seguro que no eres de la capital? –le pregunté. Él seguía boca abajo– Bueno, pues entonces esperamos a que se vaya el tren, hablaremos con el tío Ulises y ya veremos de dónde eres, para devolverte. De seguro que tu mamá te anda buscando…

Para evitar que me vieran yo también me tiré al suelo, boca arriba. Me puse a contar estrellas: dos, cinco, diez mil. Aun con esa luna colmada, podíamos ver sin problemas la Vía Láctea. Así se llamaba, nadie bebía leche ahí, era sólo un nombre, le expliqué al niño, hasta que el tren se marchó. Sentí rabia por no atenerme a mi plan original; en eso miré al niño y una mezcla de rencor y compasión me desbordó. "Está tan perdido como yo", reflexioné, y empecé la tarea de levantarlo del piso, pero cuando lo intentaba, él guardaba silencio, inmóvil, como haciéndose el muerto y no había manera de ponerlo de pie.

—Vamos, niño, ¿qué te pasa ahora?

Lo intenté por las buenas, cantándole, aunque todas las canciones que me sabía eran de cuna inglesa. Cuando la temperatura bajó todavía más, ya me desesperé y lo intenté por las malas. *La* Atacama no tendría contemplación con él, el desierto lo mataría de frío. Lo arrastré unos cuantos metros, pero lo único que conseguí fue levantar polvo y rasparle la nariz contra las rocas. Opté por llamar a Ulises, le grité lo más fuerte que pude, pero nos encontrábamos lejos de su casucha y aunque el desierto estaba lo más silencioso que puede estar, mi voz no lograba empinarse por sobre la del viento, y menos aún por sobre la música de la victrola que Ulises gustaba de oír luego de que el tren partiera y la soledad de su profesión lo dejara insomne. No tuve más remedio que ir a buscarlo, con mucho temor, porque el niño podría levantarse y correr todavía más adentro, podría "empamparse" y, si eso ocurría, al otro día lo encontraríamos muerto, congelado, no muy lejos de la estación.

—Niño, por favor no te vayas, espérame aquí, no te vayas…

Llegué corriendo a la estación y golpeé la puerta. Ulises escuchaba su Oda a la Alegría, la única obra que lograba sacarlo de la depresión que le causaba el tren a esas horas de la madrugada, ese tren que se iba sin él; el único boleto a un lugar mejor, donde él no había aceptado cuidar de una choza que se caía a pedazos, en medio de la nada; la música lo transportaba al salón de clases con sus alumnos, donde él ejercía de maestro rural y los años de estudio y todas las lecturas que llevaba en el cuerpo se justificaban. Ulises y su maldita Oda a la Alegría rompiendo los cristales del silencio.

−¡Ulises! ¡Soy yo! −grité golpeando la ventana con una piedra.

Por fin lo oí moverse adentro y la música se detuvo.

−Ulises, soy yo… −le dije entonces con voz regular.

−¿Galleta? −lo oí preguntar, mientras lo adivinaba avanzando por su pequeña casucha hacia la puerta, hasta que por fin abrió.

Entonces me fui corriendo donde el niño, porque sabía que Ulises me seguiría. Entre ambos podríamos llevarlo adentro para abrigarlo y alimentarlo para salvarlo de una muerte segura.

−¿Y éste quién es? −preguntó Ulises, con el aliento entrecortado por el trote.

−No sé cómo se llama, venía en el tren. No habla… Ayúdame a levantarlo…

−¿Y para dónde va?

−No sé, no dice, pero no es de Santiago. Creo que viene de Iquique…

−Ah…de Iquique… de Iquique…

−¿Qué pasó en Iquique?

−Lo peor, Galleta. Lo peor…

Entre los dos intentamos alzar al niño del suelo. Había algo extraordinario en el peso que ese mocoso lograba darse a sí mismo. Era tan chico y tan flaco, pero por fuerza de su voluntad, se sentía más grande que Ulises y yo juntos. Ulises no me creía, al principio, pero cuando lo trató de recoger él mismo, aceptó lo que le decía.

Así es que entre ambos lo cogimos, yo de las manos, él de los pies y lo llevamos al interior de la estación. En cuanto pudo se tiró al suelo, de panza, los brazos cubriendo la cabeza.

–¡¿Qué te pasa, condenado?! –le gritoneó Ulises. Pero no hubo respuesta.

–¡Cálmate!, te dije que no habla…

–Sí, ya vi. Quería ver si reaccionaba al grito.

–Pues no reacciona. ¿Le viste la nariz? Se raspó cuando traté de arrastrarlo y no dijo ni pío. Algo tiene este niño… Está manchado con sangre, pero no está herido, ya lo revisé, arriba, en el tren…

–Si viene de Iquique, claro que algo tiene… –respondió Ulises, pensativo.

–¿Qué hacemos entonces?

–Nada, vámonos a dormir. Mañana veremos qué pasa –dijo, trancando la puerta con un madero.

El niño se quedó en el suelo, a mitad de la casucha. Lo cubrí con el abrigo de visón. Ulises y yo nos acostamos juntos en su cama con respaldo de bronce. La noche estaba gélida. Nos besamos un rato, pero luego se acordó.

–¿Cuántos años tienes, Galleta?, dime la verdad…

–Veinte, Ulises, veinte… Bueno, dieciocho…

–¡Dieciocho! ¿Y cuándo los cumpliste?

–¡Ayer! –me reí. Ulises no acababa de entender.

–¿Y fuiste a ver a tu familia, a los Eastman?

–Sí.

– ¿Me vas a contar?

–Sólo si me cuentas qué pasó en Iquique. ¿Qué sabes? ¿De dónde viene el niño?

–Ahora no…mañana mejor….

–Mañana…

Y nos dormimos abrazados, tratando de licuar con nuestros cuerpos el hielo de *la* Atacama.

La mañana siguiente me desperté tranquila, como si me hubiese olvidado de que estaba en pleno desierto y de que me había encontrado un niño en el camino. Cuando me acordé, me senté en la cama y miré al suelo, donde el niño se había quedado; pero no estaba, aunque la puerta seguía trancada por ese gran madero que solo Ulises podía mover. Me paré despacio y miré debajo del catre. Ahí estaba el crío. No era tonto, se había escondido con el abrigo y parecía sereno por fin. Las lágrimas se habían secado, dejándole una línea blanquecina en su rostro sucio.

Decidí hervir agua para preparar el té. Todavía hacía frío, ya que faltaba un par de horas para que el sol del invierno comenzara a calentar. Me fui a la cama y saqué una de las frazadas. Al momento Ulises estaba reclamando.

—Galleta, ¿hasta cuándo me quitas las mantas?

—Hasta que te acostumbres, guatón… —respondí riéndome.

Nos conocíamos hacía apenas un mes y medio, pero habíamos alcanzado esa intimidad de matrimonio antiguo, como si nos peleáramos por las cobijas por décadas.

—Ven aquí, Nenita —me dijo, extendiendo la mano y mirándome con esos ojos pardos, sonriendo con esa boca de labios gruesos, la nariz grandota atravesándole el rostro como una cordillera de los Andes miniatura.

Él sabía que con el llamado aquel, de "Nenita", yo no me resistía. Me gustaba sentirme niña entre sus brazos blanduchos, su panza redondeada y la sonrisa que me regalaba cuando se sentía enamorado de mí, una sonrisa un tanto ladeada que había perfeccionado con el correr de nuestras citas para que yo no me fijara tanto en esas muelas que le habían arrancado a fuerza de combos. Mis dientes perfectos, tratados con la mayor deferencia y preocupación por mi familia inglesa y los de él, amarillos por un pasado de tabaco y riñas callejeras, antes de transformarse en maestro rural. Feo a reventar, Ulises, pero seductor con el arma más poderosa: la palabra.

—Levántate, flojo, ¡y cuéntame qué pasó en Iquique! —le respondí.

—Hubo una protesta —dijo desde la cama—. Los mineros fueron en multitud. Incluso algunos se llevaron a sus familias completas. Se fueron a Iquique, andaban buscando mejores pagas, otros sistemas de turnos, qué se yo, lo de siempre… El comandante dio la orden de que los llevaran a la plaza

Santos Patronos, que está al sur de la ciudad y ahí los acribillaron.

–¿Y tú cómo sabes?

–Mi compadre, el conductor, él me contó… Me contó anoche, a la rápida, en la parada. Dice que andaba cerca cuando escuchó la balacera. Corrió a esconderse y después arrancó hasta la locomotora… Todo Iquique sabe lo que pasó.

–¿Crees que este niño estuvo ahí?

–No, no lo creo. Dicen que no hay sobrevivientes.

–Hay uno… –le respondí, mirando al niño que seguía dormido bajo la cama, las manchas de sangre seca sobre la camisa– Y si vio lo que pasó, lo están buscando…

FUERZA PÚBLICA

El niño durmió hasta muy entrada la mañana. Ulises y yo salimos de la estación para no hacer ruido. Afuera, el sol ya calentaba como es habitual y no quedaban vestigios del frío insoportable que te mata en el invierno de *la* Atacama. Le ayudé a revisar las vías, parte de su rutina de ferroviario, un esquema de actividades que él mismo se había inventado para no volverse loco ante la vastedad de aquel peladero que lo rodeaba. El poblado más cercano a la estación Varillas era Pueblo de Oro, a un día de viaje. Ulises había descubierto el tema de las distancias poco después de haber aceptado ese trabajo de jefe de estación.

Era capitalino por accidente, según me contó un día en que tenía ganas de sincerarse o tal vez yo lo había aburrido con tantas preguntas. Su madre lo parió antes de tiempo en un viaje desde el sur a la capital, pero él creía con firmeza que aquello era producto del destino, una señal superior de que había sido creado para algo más que ordeñar vacas en la granja materna. La madre, una señora cuyas arrugas evidenciaban una edad muy superior a la que ella decía tener, de acuerdo a un retratito de bolsillo que Ulises acarreaba, era una viuda de la Guerra del Pacífico. El marido, un huaso rubio de piernas gruesas y torso ancho, había luchado junto al capitán Arturo Prat en el combate fatídico en que los hombres se arrojaron a la cubierta del Huáscar, encontrando una muerte segura. Por tal hecho heroico, la viuda recibía un montepío del Estado que le permitió mantener la granja y financiar la educación de su hijo; en un intento, además, de alejarlo de la vida que el hijo pródigo se estaba buscando, de riñas callejeras a puño y puñal. Luego de tiras y aflojas, partió a Santiago a regañadientes enviado por la madre. Al poco andar, ya resignado, se volvió lector y por los burdeles capitalinos, aceptó continuar sus estudios. Entre vuelta y vuelta se topó con La Ilíada y decidió cambiarse el nombre. Desde entonces, de Efraín pasó a llamarse Ulises, aunque conservó el apellido del padre: Navarrete.

Motivado por las lecturas, se aplicó en la academia de maestros y resultó que Ulises tenía sesos. Se graduó el primero en su clase y ya aspiraba a formar el temple y carácter de los nuevos profesionales del emergente país, cuando la madre cayó enferma y él debió aceptar el primer trabajo que le permitiese costear el oneroso tratamiento.

El primer trabajo resultó ser como jefe de la estación Varillas, cerca de Pueblo de Oro, en el norte. Ulises lo tomó como algo bueno, la oportunidad de ganar dos sueldos y ayudar a la madre: el jornal de ferroviario y el de maestro en Pueblo de Oro, pues le dijeron que el tren pasaba cada tres días por ahí, lo cual le dejaba jornadas libres, calculó Ulises, para enseñar en la escuela local.

Se despidió de la madre en el hospicio y organizó con la empresa de ferrocarriles que a ella le enviaran el cheque completo. Empacó sus libros en un baúl, casi nada de ropa y tomó el tren, busto henchido, sonrisa amplia, al norte.

Y el norte, *la* Atacama, lo recibió con fauces abiertas. Ulises descendió del tren al medio día, luego de dormir su última borrachera capitalina durante el viaje. A tropezones entró a la casucha encandilado por el sol. Siguió durmiendo como pudo en un colchón deshilachado y por la tarde, optimista, se preparó para visitar Pueblo de Oro y presentarse como el prospecto de maestro que habían estado esperando. Sólo que cuando salió de la estación y miró a su alrededor, no encontró nada.

Hubiera enloquecido a no ser por el método de estudio que aprendió mientras se educaba como maestro normalista. Organizó un horario de lectura, de escritura, de revisión de la copa de agua, de limpieza del suelo. Sí, Ulises, mi gran Ulises se consiguió una escoba y cada mañana dedicaba dos horas a barrer el desierto. Las vías eran la tarea en la que más concentración ponía, revisando cada tornillo y cada durmiente a lo largo de un kilómetro. Volvía al resguardo de la estación poco antes del almuerzo, porque ya había comprendido que el calor era fatal en ese punto del día. Así es que aquella mañana en que el niño todavía dormía, yo le ayudaba en la inútil tarea de tantear la madera astillada y seca de los durmientes y de tocar con las yemas de los dedos cada perno, ambos sudando y cuidándonos de no quemarnos las manos, porque parecíamos hervir bajo el sol.

–Ahora me tienes que contar qué pasó con tu familia, Galleta.

–Me fue mal, Ulises, mal…

–Pero cuéntame qué pasó.

–Mi madre no quiso explicarme nada. Dijo que ahí no había puerta, ninguna puerta. Que de seguro yo lo había imaginado. Que de seguro "yo estaba trastornada" por la muerte de mi padre y que me lo había imaginado… ¡Puedes creerlo!

–Mmm… ¿y si fue así?, ¿si te lo imaginaste?

–No todos somos como tú, Efraín –le respondí con rabia, remarcando su nombre real.

Ulises se refería a mi última intentona de hablar con mi madre y lograr que me revelara mi pasado, empeño que había culminado en mi nuevo escape; y pensando que sería sin retorno, había cogido las joyas que encontré a la mano. Pero el niño se me había cruzado en el camino. En ese momento, vimos su silueta temerosa emerger de la caseta. Ya se iba a echar a correr cuando lo llamé. Se detuvo, al menos se quedó en pie, ya me anticipaba yo que se iba a tirar al piso y no hubiera cómo levantarlo.

Me acerqué corriendo para ofrecerle desayuno.

–Buenos días, su señoría –le dije con tono alegre–. ¿Quieres pan?

El niño asintió, así es que le indiqué la puerta. Me alivió verlo más tranquilo, parecía un poco más conectado con él ahora. Ya adentro le serví té y le ofrecí dos panes. Comió más lento, como saboreando, incluso le noté una leve sonrisa.

–¿Tienes lengua hoy? ¿Me vas a decir cómo te llamas?

–Armando… –dijo muy quedo.

–¡Armando! –grité yo, pero lo asusté y se metió debajo de la mesa– Armando –susurré entonces, buscándolo–. Discúlpame…te prometo que no voy a gritar más –extendí la mano a ver si me la tomaba. Lo hizo.

Volvió a sentarse, a beber el té y comer el pan. Le pregunté si quería más, entonces abrí una lata de jamón y le ofrecí. Se le iluminó el rostro ante el aroma de ese jamón que llevaba meses enlatado.

–¿Te gusta? –le pregunté.

–Sí.

Ulises ingresó a la casucha. Nos miramos. Se acercó en silencio y le pedí que hablara bajo, algo que Ulises no acostumbraba, puesto que según él mismo afirmaba, a veces la soledad le hacía malas jugadas y creía oír personas conversar. Yo le había explicado que no eran gentes, sino el desierto. Que sí, que en realidad *la* Atacama tenía voz y se movía con el viento, pero que no eran personas reales. Ulises no entendía mis explicaciones, así es que para evitar los sustos que esta voz le provocaba, se había acostumbrado a hablar casi a gritos, incluso cuando estaba solo. Narraba sus movimientos para no perder la cabeza. Así me lo contaba, con el tono de tragedia que adoraba.

–Hola, niño –le dijo Ulises.

–Hola –respondió éste, sin mirarle.

–Te presento a Armando, Ulises… –intervine.

–Armando, bonito nombre… Soy Ulises Navarrete, a sus órdenes respondió, haciendo una reverencia exagerada.

En ese momento, Armando volvió a su silencio habitual y tuve la sensación de que se iba a otro lugar más alegre, más seguro, un lugar que él encontraba dentro de sí.

—¿Qué le pasa ahora? —preguntó Ulises.

—Está descansando —respondí yo.

—Bueno, dejémoslo que descanse... No tengo idea qué significa eso, pero más tarde tenemos que hablar con él, tenemos algunos días antes de que pase el tren. Necesitamos saber de dónde viene este niño para poder mandarlo de vuelta.

Días después y tras debatir, juntos tomamos la decisión de que Ulises hablara con el conductor del Longino, que era amigo suyo y le preguntara por la situación de Iquique. Si las aguas estaban calmas, planearíamos el regreso del niño al norte para la semana siguiente.

Lo que a mí más me preocupaba era que el conductor se atuviese a las leyes en relación a los polizones y pasara por alto la increíble circunstancia de este niño que se había montado no para quebrantar la ley, sino para salvar su vida.

Con su meticulosidad característica, Ulises había escrito una especie de libreto que guiaba la conversación y le escuchábamos hablar en términos hipotéticos a un conductor imaginario. Ensayaba su discurso acentuando los verbos en condicional: sí, el niño y yo nos habíamos vuelto expertos en condicional, por solo escucharlo ensayar la disertación.

—¿Y no es tu compadre?... ¿por qué tanta preparación?... —le pregunté intrigada.

—Por si mandan al reemplazante... No me interrumpas...

Estaba concentrado en sus apuntes, entonces, cuando escuchamos el primer pitazo del Longino. Con parsimonia se levantó de la silla donde se había sentado casi toda la mañana, leyendo el Reglamento del Ferrocarril Longitudinal NORTE y haciendo anotaciones al margen de las páginas apolilladas. Al rato pensé que, más que parsimonia, se trataba de nerviosismo solapado y de un intento inútil de atrasar un encuentro que se debía producir, quisiéramos o no. Así es que esta calma nueva que Ulises llevaba, en realidad solo anunciaba el vendaval interior, una borrasca conocida por este hombre que había cambiado los golpes por los libros, pero cuyo cuerpo bien recordaba el modo de abrirse camino por la vida a punta de trompadas.

Con ese sosiego de ferroviario cansado –aunque no era viejo– cerró la cortina, como solía hacer para que ni el conductor ni el ayudante miraran dentro; y aunque Ulises no me lo decía, yo sospechaba que ambos conocían de mi paradero y me adivinaban escondida tras esa puerta que Ulises aseguraba con llave tras de sí. Antes de que saliera al encuentro de sus colegas, me fijé en su caminar, que arrastraba, también me pareció, una resignación que yo atribuí a la condena autoimpuesta de atender el convoy cada tres días y a esa cárcel vasta y sin muros que es *la* Atacama.

El niño también había cambiado. Con el andar de las horas, lo habíamos visto mutar de conejillo asustado a un niño más normal, a ratos por lo menos. Aunque con monosílabos, ahora se comunicaba con nosotros; sin embargo, ciertos ruidos lo devolvían a la posición que ya parecía natural en él: bocabajo y con las manos cubriendo la cabeza.

A través de juegos, yo había tumbado parte de la barrera invisible que separaba el exterior del mundo del niño, un mundo que a ratos parecía inocente y colorido; y en otros, el infierno desatado en el pecho delgado y blancuzco del mocoso. El puente en común era el grandioso juego de la payaya, que Atalaura, la cocinera de mi casa, me había enseñado cuando yo era pequeña.

En esos breves instantes en que el niño se relajaba lo suficiente como para jugar, me gustaba la expresión de su rostro regordete, los ojos café claro brillando aliviados, mirando atentamente las piedrecitas volar por el aire y tratando él de atraparlas con el dorso de su mano. Cuando el niño jugaba, descansaba, concluí. Y entendí el recurso de Atalaura haciéndome jugar a la payaya cuando yo acababa de tener un encontronazo con mi madre, cuando uno de mis innumerables interrogatorios sobre mi origen había culminado como era habitual: con silencios y desdén. Mis rabietas se oían en toda la casa y Atalaura se asomaba al umbral de la puerta, se encuclillaba con tal de que yo pudiera verla desde mi posición teatral tirada de espaldas al suelo, pataleando. Desde allí me sonreía, abriendo la palma de la mano y dejándome ver esas cinco piedras especiales y necesarias para jugar. "Las piedras tienen ese don", pensé, mirando al niño distraído por fin del dolor que acarreaba día y noche.

Pero el segundo pitazo del Longino y el rugir metálico del tren deteniéndose en la estación, rompieron el embrujo, esa armonía artificial de familia que habíamos logrado gracias al juego. Las piedras rodaron por el piso, perdiendo el poder curativo que apenas hace un minuto exhibían y el niño corrió a esconderse debajo de la cama.

Espié por la ventana y vi a Ulises empapar el pañuelo con agua del barril, atárselo al cuello y ponerse el sombrero. Cuando asomó el conductor, cerré la cortina y fui a sentarme a la mesa.

—¡Compadre! —dijo Ulises con voz alegre y me lo imaginé desechando las anotaciones que había hecho en el reglamento. A él podría hablarle.

—Compadre…cuidado… —oí al conductor responder.

—¡Bájense a revisar! —acto seguido escuché a un hombre rugir, con una autoridad marcial que me puso los pelos de punta.

—¿Qué pasa? —preguntaba Ulises con tono inquieto.

—¡Nada que le interese, hombre, quítese! —respondió la voz marcial y me imaginé a Ulises tratando de bloquearle la vía.

Sentí entonces pasos de botas bajando del tren y una corredera de gentes afuera. Por las rendijas entre las maderas de la estación mal construida, vi las sombras de tres hombres moviéndose frenéticos. Alcancé a distinguir unas gorras. Me atacó el pánico: no podían encontrarme allí. Muy pronto se enterarían de que yo era una Eastman y culminaría en un lugar peor que la cárcel: en la casa de mi madre. Pero miré al niño… Lo mío no era nada comparado con lo que a él le ocurriría. Tenía que sacarlo de ahí.

—Niño —susurré—. Niño, tienes que venir conmigo… ¡Niño, por favor!

Ya sabía que no obtendría respuesta, así es que me apuré a tironearlo de los pies, a luchar contra ese cuerpecito que se hizo el peso muerto en aquel momento. Forcejé un rato, pero fue inútil, entre más lo tiraba, más pesado se hacía. Era imposible moverlo.

Afuera Ulises continuaba con sus preguntas y la voz marcial insistía en que se quitara.

–¿Qué tiene ahí? –dijo la voz marcial.

–Nada… –respondió Ulises.

–¡Muéstreme ahora mismo lo que tiene ahí!

Entonces advertí un golpe seco y Ulises gritó de dolor. Estuve segura de que Ulises había tratado de dar un puñete y en respuesta había recibido un culatazo, con el fin de proteger el famoso reglamento del Longino, con las anotaciones que delatarían nuestra presencia en la estación.

–¡Niño, por favor, tenemos que irnos! –dije desesperada– Niño, no sé qué te pasó, y lo siento mucho, de veras, pero ahora tienes que confiar en mí…

Esta vez mis palabras tuvieron el efecto de destrabarlo y saltó como lagartija asustada, me dio la mano, mirándome y esperando instrucciones.

En ese momento, la perilla de la puerta comenzaba a girar, alguien trataba de abrir la cerradura. Corrí a atravesar el madero contra la puerta para ganar unos segundos, el niño intentó ayudarme cuando me vio bregando con ese trozo de viga tan grueso, pero no pudimos moverlo ni un centímetro. Entonces se me ocurrió salir por la ventana trasera. La abrí con precaución, verificando que no hubiera policías. No había nadie, así es que nos salimos de ahí, el niño y yo. Le ayudé a trepar al techo de calaminas que ardían por el sol y nos quedamos quietos, bocabajo. Armando lagrimeaba en silencio, se le había vuelto a abrir esa fuente de aflicción que traía cuando lo conocí. El hervidero de la calamina nos quemaba la piel, pero no hicimos ruido alguno.

–¡Abra la puerta ahora! –escuchamos gritar a la voz marcial.

–Está abierta –escuché a Ulises responder.

–¡Acá atrás hay una ventana! –dijo otro.

Fue allí que oímos bajo nuestros cuerpos un grupo de hombres revisando cada rincón, botellas cayendo al suelo y haciéndose añicos, los libros de Ulises estrellándose contra las paredes. Abrieron el baúl, el ropero, voltearon la caja con papel de escribir que Ulises mantenía con tanto cuidado.

Luego, silencio.

—¡Aquí no hay nadie, capitán! —reportó alguien.

—Está bien, Barría, súbase a la copa de agua —instruyó la voz marcial.

Supe que era nuestro fin. Desde la copa de agua nos descubrirían. Pero el conductor del tren interrumpió la maniobra, en el momento último y preciso en que ya veía asomarse la cabeza del tal Barría por sobre la copa de agua, a metros de nosotros.

—Disculpe, capitán... Tenemos un problema —le oí decir al conductor, con aprensión.

—¿Qué pasa ahora? —respondió la voz marcial.

—Es que llevamos a uno de los dueños de las minas de Iquique en el tren. Va para evaluar lo que pasó en el norte... Usted sabe... Eso... que... —agregó el conductor, temeroso— y que ya está atrasado, que si podemos seguir el camino...

—Mmm, está bien, ya se ve que aquí no hay nadie, ¡por la mierda! —gritó enojado— ¡Al tren, ahora! —ordenó a sus hombres y el oficial que había quedado a medio camino en la escalera de la copa de agua, descendió.

Oímos a Ulises rellenar el estanque del tren. Me lo imaginé corriendo para hacer su maniobra de mantenimiento a prisa, con tal de que el convoy se fuera lo antes posible; hasta que al fin el Longino pudo partir, dejando su hollín en el cielo azul y me pareció todavía más horrible que de costumbre, ese tren que ahora parecía ir dejando detrás una larga cicatriz.

EL PAVOR

Ni siquiera con agua azucarada se nos quitaba el susto. Habíamos estado tan cerca de ser descubiertos. Ninguno de nosotros se hubiera salvado de aquellos interrogatorios que conducirían inevitablemente a esa parte de nuestro pasado que queríamos ocultar, que haríamos cualquier cosa por ocultar, incluso enterrarnos con vida en aquella estación polvorienta y apolillada. Sí, porque Ulises también se escondía. Y aunque evitaba responder preguntas sobre sus particulares razones de estar ahí, yo sabía que había algo más detrás de esa historia romántica que me había contado, aquel relato de su intención de educar a los mocosos de Pueblo de Oro. El Ulises de sonrisa desdentada por las riñas en el puerto principal y el Ulises maestro rural, eran dos caras de una moneda imposible.

Incluso algunas veces yo puse en duda la existencia de la montepiada que recibía una parte de su pago mensual. "¿Y para qué necesito yo el dinero?", insistía en responder Ulises cuando yo volvía a interrogarlo sobre aquella madre, una excelsa viuda de la guerra, sola en un caserío ubicuo en el sur de Chile. Al parecer, esa villa, igual que Pueblo de Oro, existía sólo en la mente de Ulises. Mi teoría cobraba fuerzas cuando yo no descendía en Varillas, sino que continuaba mi viaje a la capital. El inspector anunciaba la parada "Pueblo de Oro, Pueblo de Oro", y nunca nadie bajaba ni subía allí. El tren se detenía breves minutos en aquella estación un poco más grande que la nuestra y circundada por el desierto. Desde mi posición en el vagón de carga jamás pude ver el famoso poblado que, según decían, se iba hundiendo a razón de cinco centímetros al año, por haber sido construido sobre arenas movedizas. Hubo épocas en que pensé que Pueblo de Oro era otro invento de los ferroviarios, una medida desesperada para cortar ese desierto gigantesco en tramos más vivibles, un último acto para no perder la cordura en esa monotonía café.

Por eso sabía que Ulises también guardaba un secreto. ¿No lo hacemos todos? La vida no puede vivirse sin dobleces, sin ocultar historias vergonzosas en el dobladillo de la falda. Lo mío era esa negrura de piel que no tenía nada que ver con la sangre inglesa. Y la de Ulises, lo más probable es que tuviera relación con el verdadero origen del cambio de nombre, porque lo otro, el cuentito sobre La Ilíada, era un buen embuste, pero sólo eso, otro pedacito de tela que Ulises gustaba de hilvanar a aquella otra, la de su madre abnegada, su padre héroe y su rol de profesor normalista.

De tal modo y entre miradas desconfiadas, entre el aroma de las mentiras que acarreábamos, intentábamos sacudirnos el terror que habíamos sentido apenas unas horas atrás, ante el revoltijo que habían dejado los uniformados. Un vaso de líquido azucarado era nuestro recurso para frenar la carrera de la imaginación, que los proyectaba regresando por las mismas vías cansadas, a llevarnos a cada uno de nosotros para enfrentar a nuestros propios jueces.

El niño había vuelto a enmudecer y esas pulgadas de confianza que me había ganado a punta de juegos y risas, habían sido pisoteadas por ese grupo de hombres, los policías, que habían entrado en la casucha buscando algo o a alguien. Nos habían pisoteados a todos, esa era la verdad, a este grupo de patrañeros varados en el desierto.

Ulises, con su aire de matón de puerto, también estaba un tanto pálido y, a decir verdad, eso era lo que más me mortificaba. Hasta ese día parecía que Ulises no le tenía miedo a nada. Sin embargo, el encuentro con los policías y el culatazo que le amorató el ojo izquierdo de un certero golpe lo había dejado en estado de cuasi mudez, compitiendo con el niño en quién aguantaba más tiempo sin decir palabra.

Yo era la única que no callaba, como si el horror me activara una catarata de palabras que no podía controlar, ni Ulises con sus miradas reprobatorias ni el niño, que se metía debajo de la cama cubriéndose las orejas con las manos. Así me pasé la siguiente hora, monologando en voz alta sobre las razones de los uniformados para haber entrado así a la casucha, arrojar los libros, dar vuelta el colchón deshilachado de la cama y luego salir con la misma saña con que habían llegado, a montarse al tren para seguir camino al norte, cual hilera de insectos carnívoros.

—Eran muchos… demasiados… —me interrumpió Ulises.

—No, eran sólo tres —le respondí yo.

—Muchos, demasiados, Galleta. No los viste… en el tren… Un vagón completo, mirando qué pasaba afuera, vigilando cada movimiento. Pensé que se bajarían y…

Ulises callaba en el punto en que su mente lo llevaba por caminos de terror, que al parecer conocía muy bien.

—Te voy a contar algo… en la noche, cuando el niño esté durmiendo.

—¿Qué cosa? —dije exaltada. Ya no quería más sorpresas.

—En la noche —agregó Ulises y volvió al silencio.

Y la mordaza de pavor que nos callaba a los tres de pronto se expandió a nuestro alrededor y el entorno quedó silente, no oíamos el viento, ni las lagartijas corriendo a esconderse bajo el baúl, nada. Era como si *la* Atacama se hubiese suspendido ante las palabras "te voy a contar algo", porque venían cargadas de un espíritu de confesión que pensé no necesitar en ese momento. Ya bastante tenía con la posible captura del niño y la mía.

Había que hacer ruido para terminar con el sortilegio de *la* Atacama. Atalaura me lo había contado, que el silencio en el desierto era un mal presagio. Por ello, y para romperlo, mandé al niño y a Ulises a buscar piedras afuera. Sí, piedras. La cuestión era mantenerlos ocupados. Piedras. De diversos tamaños y, ojalá, de diferentes colores.

"¿Piedras?" me preguntó Ulises, extrañado. "¡Sí!, váyanse ahora mismo y tráiganme las piedras más grandes que puedan encontrar, vamos a hacer un mono de piedras".

Sin chistar, Ulises y el niño salieron de la casucha. Vi sus siluetas avanzar contra el sol del ocaso. Ulises se tocaba el rostro, allí donde el policía le había golpeado. El niño se sonaba la nariz con la camisa ya limpia, pero con aquellas manchas coloradas de sangre que no pude remover. El atardecer los teñía de naranja y parecían brillar contra el horizonte acuoso de *la* Atacama. Algunos remolinos de viento se armaban a lo lejos, levantando polvo y guijarros, rompiendo ese fastidioso paisaje desértico donde lo único que ocurría y ocurría cada tres días, era la marcha del tren.

Cuando ya los vi examinando el suelo, tanteando rocas para elegir las más apropiadas para ese juego que yo había inventado a poco de haber conocido a Ulises, me dispuse a ordenar el desastre que teníamos. Terminé de recoger los libros del suelo y los acomodé de vuelta en el baúl. Levanté los tachos para el té, el jarro para el agua, los platos de lata esmaltada y los puse sobre la mesa. La victrola se había salvado por milagro; intenté encenderla, pero en realidad solo Ulises sabía hacerla funcionar. De pronto recordé la revelación que Ulises había anunciado haría esa misma noche, "cuando el niño esté durmiendo". Así, con temor y algo de excitación, moví el pesado catre de bronce y noté las tablas del piso que parecían mal cortadas y que ya antes había visto. Las inspeccioné con cuidado y sí, habían sido cortadas con torpeza usando, así parecía, un cuchillo. Traté de desclavarlas, pero me fue imposible. Me dañé las yemas de los dedos intentando remover los clavos. Con seguridad esto tenía que ver con la futura confesión de Ulises. Retorné el catre a su lugar, puesto que entendí que a ese secreto sólo tendría acceso cuando Ulises me lo otorgara, así que no tenía más remedio que esperar. Era mejor sumarme a los exploradores, que ahora parecían entusiasmados ante el prospecto del mono de piedra.

Me uní a ellos discretamente, tratando de acoplarme de manera natural a la música de sus pasos recorriendo el desierto, midiendo rocas y moviéndolas de un lado a otro, hasta que tuvimos lo necesario. Y de la misma manera en que lo habíamos hecho semanas atrás, nos pusimos a armar un muñeco a la usanza americana, según decía Madeline, mi hermana, que decía Elisa, su amiga, pero con rocas y pedruscos. Hasta que conseguimos un perfecto mono de las nieves, hecho de piedra y polvo, en el desierto de Atacama.

Por la noche y cuando Armando dormía tan profundo que incluso roncaba, Ulises puso la tetera para hervir agua y preparar algo de mate. A continuación movió una de las sillas y me dijo "siéntate".

—Si no quieres, no me cuentes nada… —repliqué.

—Es mejor que sepas todo ya —Ulises estaba decidido, pero le costaba trabajo hablar.

Me relató su vida en la granja familiar, que sí existía. Me habló de la viuda de la Guerra del Pacífico que era su madre, pero él no había sido el único hijo. Ulises tenía cinco hermanos y él era el menor. Como tal, "salí polvorita", explicó entre risas. Cansado de la vida del campo y de las continuas riñas en las que se metía, se fue al gran puerto de Valparaíso para intentar ser marinero. En pocas jornadas entendió que el océano no era para él, le daban horribles mareos por lo que terminaba despedido antes de que lo contrataran. Hasta ese momento, me dijo, él juraba que tenía el mismo temple heroico del padre, quien había pegado un salto corajudo desde la cubierta de la Esmeralda al Huáscar; pero la evidencia de las incesantes náuseas y vómitos que la mar le provocaban, le obligó a aceptar los planes originales de la madre e irse a la capital para volverse maestro normalista.

Fue allí donde conoció el amor, según contó. La muchacha se llamaba Rubí y trabajaba en un prostíbulo cerca de la Quinta Normal.

Me di cuenta de que Ulises se sonrojaba al hablarme del tema.

—Ya sé quiénes son y qué hacen. Meche, la dueña de la pensión de Santiago… Ella ya me lo explicó —le dije, para ayudarle a continuar con el relato.

Para reunir dinero, hacerse "hombre de bien y rescatarla", me dijo, se puso a trabajar en la estación Mapocho. Primero como aseador de los trenes, más adelante como ayudante del mecánico. Fue allí que conoció a Rafael, el conductor del Longino, y se hicieron amigos. "Pero Rubí no quería ser rescatada, Galleta, ese fue el problema", agregó con melancolía.

La muchacha gustaba de su vida y de las atenciones que recibía. Si Ulises amaba a Rubí, este amor no era correspondido. Ella tenía su favorito, el Tatán, un mafioso que controlaba algunas calles del centro de la ciudad y que había sido, de hecho, el primer empleador de Ulises. Bajo su tutela y cuando el dinero escaseaba entre clases, Ulises repartía algunos licores prohibidos y ocasionalmente ayudaba a moler a golpes a algún enemigo.

A través del Tatán había conocido a Rubí. Mal negocio. Una noche, medio borracho y cansado de la espera, le hizo frente al hombrón que salía satisfecho, aunque adormilado, de la habitación de Rubí.

–Vamos pa'fuera –le retó, a pesar de que el Tatán le doblaba en tamaño y edad.

Salieron a la calle y se enfrentaron a navaja limpia, frente al resto de las prostitutas y sus clientes, quienes se unieron para avivar la trifulca. Corrieron las apuestas. Pagarían mil a uno a que Ulises ganaba, porque no le veían muchas opciones. El Tatán le cortó el antebrazo varias veces, cicatrices que le había visto, pero que él atribuía a un pequeño accidente con la locomotora. Lo que nadie se esperaba era que Ulises le hiciera daño al mafioso y el daño no fue menor. "¡Lo abrí de lado a lado, Galleta!", explicó entusiasmado. Cuando el Tatán cayó de rodillas, retorciéndose de dolor frente a las caras estupefactas de la concurrencia, Ulises le tendió la mano a Rubí.

"Vente conmigo", le dijo. Pero la muchacha se lanzó sobre el cuerpo del Tatán y "me soltó el rosario de insultos, Galleta", agregó. "Ahí me di cuenta de que no me quería y me fui".

Corrió donde Rafael, su amigo, a quien le contó lo que había ocurrido. Ambos sabían de la bravura del Tatán, pero eso no era nada. El hermano de éste, al que llamaban Patán, era dos veces peor. Por la madrugada ya se sabía que el Patán andaba en busca de Efraín para saldar cuentas. Fue así como

Rafael escondió a Navarrete en la locomotora del Longino para llevárselo a Iquique, pero Ulises pidió bajarse en Pueblo de Oro.

—¿Por qué en Pueblo de Oro?

—En el camino oímos del puesto de trabajo aquí, en Varillas, y pensé que era más seguro, un punto perdido en el desierto… Y pensé que podría dar clases en el pueblo… No sé, no sé bien qué pensé…

—¿Y dejaron de buscarte?

—¡No, me buscaron por meses! Le dieron una de golpes a Rafael… pero el compadre no me delató… aguantó el compadre… Por eso sé que podemos confiar en él.

A LA BUENA

Era obvio que lo de Iquique no era un hecho aislado. Si estaban enviando más uniformados, quería decir que se estaban organizando nuevas protestas. Y no es que los mineros estuvieran armados, pero parecía que aquel país delgado que nos cobijaba solo supiera resolver los conflictos a porrazos. Ya lo había hecho algunos años atrás en la escuela Santa María y también cuando había entrado en guerra con los países vecinos para defender ese mismo trozo de tierra que en ese momento generaba revueltas internas.

El desierto cantaba y sus notas sutiles atrapaban a los hombres, les atraía con la promesa de un encuentro celestial para luego sujetarles con el yugo de la labor minera y despiadada, bajo un sol de bestias. De pronto ese fruto húmedo y apetitoso que prometía goce y dinero fácil, se trasformaba en la tumba donde muchos llegaban a morir en sus años de juventud, asfixiados por el constante polvo que debían aspirar horadando la piedra. O aquellos descuartizados por un tiro que explotó a destiempo o un tren que cortó una pierna o una mula que pateó en el pecho, al centro, y reventó el corazón. Así me lo contaba Atalaura. Al cabo de ciertas lunas, el desierto echaba a correr su canto dulce y cautivador para atraer más hombres provenientes del sur del país. *La* Atacama, no conforme con el sinnúmero de gentes que había devorado ya, ahora llamaba a la revuelta, al reclamo, a la exigencia de un mejor trato y de una mejor paga. Aquello nunca terminaba bien. Ya lo sabíamos.

Así es que dentro de las decisiones que tomamos a la mañana siguiente, luego de las confesiones de Ulises, la más importante fue que yo debía abordar el Longino con rumbo a la capital para conversar con mi tío Navidad y así obtener detalles exactos de lo ocurrido en Iquique, exactos en vez de comentarios a la rápida que Ulises había recibido por parte de su compadre el conductor.

El niño no podía seguir ahí. Si en ese primer registro por parte de los policías habíamos tenido suerte, dudábamos que el prodigio se repitiera. Era preciso retornar al niño a su pueblo de origen, donde pudiera mezclarse con los otros chicos y así la autoridad no supiera que él lo había visto todo. Ulises insistía en que la policía no buscaba a Armando, pero estaba de acuerdo en devolverlo a su pueblo. Yo estaba segura, en cambio, de que sí lo perseguían.

Mi tío Navidad llevaba la contabilidad y la ubicación de la mayoría de los poblados salitreros en el norte del país. Gran cantidad de ellos pertenecía al mismo consorcio, así que no sería difícil encontrar la información. En especial porque Navidad no se resistiría a las peticiones de su sobrina favorita. Ulises, en tanto, me dijo que hablaría con Rafael para que me subiera a la buena.

Traté de explicarle al niño que tendría que partir por algunos días. Sin embargo, fue imposible: había retrocedido a su estado inicial, en el que sólo lagrimeaba con la mirada perdida y los pies moviéndose como queriendo correr, aunque permanecía sentado. La única pausa que habíamos tenido de ese comportamiento desconectado, que había vuelto con la pasada del batallón, fue cuando armamos el mono de piedra. Pero esa mañana nos encontramos con el mismo Armando tullido por el sufrimiento que yo había conocido algunas noches atrás, en el tren.

–Solo preocúpate de que coma y que tome agua –le dije a Ulises, acariciando el pelo de este niño que estaba ido, en otro lugar, un lugar horrendo desde donde no podíamos traerlo de vuelta.

–Sí, no te preocupes. No le faltará nada.

–Pero, Ulises, acuérdate de Cerbero…

–¡Pero éste es un niño, Galleta!, claro que lo voy a cuidar.

–Lo mismo dijiste del perro… y se te murió de sed.

—¡Que no pasa nada, Galleta! No debí haberte contado lo del perro…

—Bueno, está bien, cálmate —dije un poco asustada, recordando al Ulises medio asesino que había conocido la noche anterior, a través de su relato.

—Si estoy calmado…estoy calmado… —respondió, haciéndole unas señas al niño para que saliera de debajo de la cama.

—Vamos a buscar agua —le dijo y el niño, para mi sorpresa, salió de su escondite y se fue con él.

Me uní a ellos afuera, cuando llenaban cubos de agua para llevarlos dentro de la casucha. Decidí darme un baño y secarme al sol. Me gustaban esos métodos de lavarse la ropa, el pelo y el cuerpo en la misma ocasión. Aquella noche pasaría el Longino y tendría que estar lista.

Armando era mi prioridad, ese niño flacucho con las piernas un poco arqueadas como de jinete viejo. Tenía el pelo castaño, seguro le llamaban "rucio" porque entre tantos morenos, este niño destacaba. Así lo imaginaba jugando a la pelota, en su pueblo, en alguna de los cientos de salitreras que funcionaban en *la* Atacama. Corriendo detrás de la pelota con sus piernas chuecas, intentado contrarrestar su flaqueza con habilidad. En estos partidos imaginarios, Armando nunca gritaba: el niño hablaba tan poco, que no podía imaginarme el sonido de su voz.

Por ese Armando flaco y de piernas chuecas, esa noche estaba preparada para montarme al Longino y mi identidad sería revelada al conductor del tren que era amigo de Ulises. Me vestí con las faldas multicolores, el abrigo de piel y los botines negros y esperé despierta. Ulises me pedía que me acostara, que descansara, que no había manera de que el tren me fuera a dejar con el ruido que hacía aproximándose a la estación, el metal de los rieles, el remecer suave de la tierra y la labor de Ulises de cargarlo con agua. Por la noche sonaban un pito ronco, como ahogado, para no matar del susto a los pasajeros. Pero yo no podía dormir. Había en ese viaje no sólo una búsqueda de respuestas para el niño, sino también algo para mí.

El desierto, con su cualidad maravillosa de maestro del tiempo, hizo que las cinco horas que faltaban para que el tren llegara, pareciesen diez. Esperé sentada en la silla, alumbrándome con una vela y leyendo una de las tragedias que Ulises parecía atesorar. Yo era ilustrada, a imposición de Victoria, mi madre; y aunque sentía preferencia por los clásicos ingleses, me gustaba hojear ese libro en especial, ajado de tantas lecturas, donde los infortunios demoraban la travesía marítima de un hombre rey queriendo volver a su hogar. Atalaura, además, me había enseñado a leer en español y me pasó el único libro que ella tenía, la Biblia. Con ese libro gordo, que también daba vueltas por mi casa en inglés, aprendí vocabulario y comparando las historias de Adán y Eva en ambas lenguas, concluí que aquella religión no era un invento. Cuando terminé de leer la Biblia, me las arreglé para conseguirme todavía más libros en español. Y cuando esa fuente se acabó, apareció Ulises con su baúl.

Los ronquidos de este camorrista remecían la casucha más fuerte que el mismo Longino. El niño dormía debajo de la cama. Ulises y yo ya habíamos entendido que aquel era el lugar donde más protegido se sentía, así es que dejamos de insistirle en que se acostara arriba de las sillas, que juntábamos y acomodábamos con el abrigo. En cierto modo yo entendía al niño y su deseo de volverse invisible, porque de niña yo también lo sentí. Siempre había miradas curiosas dirigidas a mí entre las amistades de mi madre que, aunque quisieran disimular, contenían una huella de admiración que en mi primera infancia atribuí a ser una princesa encantada del bosque en mi palacio blanco; no obstante, en la adolescencia comprendí que era porque no me parecía en nada a los Eastman. Y mi palacio, ¡mis bolas!, era una casona de madera construida para los ingleses que cruzaban el océano para hacerse ricos.

Yo también tenía un escondite dentro de mi habitación. Era el armario. Me metía ahí y me quedaba quieta, detrás de los vestidos, rodeada de muñecas. En ese lugar, mi color de piel se valía por sí mismo. Quise hablar con Armando, decirle que lo entendía, que no era el único descolocado. Pero dormía, claro está, y no podía despertarlo. Así es que seguí esperando a que fuera la hora de abordar, pensando en cómo sería ese viaje de "legal", sentada en un asiento y no acurrucada en el vagón de carga. El prospecto me entusiasmaba, debí reconocer. Pediría un espacio en primera clase, incluso sabiendo que pronto mi madre encontraría una pista de mis andanzas. Había riesgo, mucho, pero este Armando de piernas chuecas merecía mi ayuda. Para combatir la impaciencia salí a contar cometas, a observar la Vía Láctea en su plenitud, ese millar de estrellitas y lunas, las que se vuelven rojizas, las azules y las verdes. Ese conjunto de ojos que miran desde allá arriba es donde siento que vive el Dios, no el de mi madre ni el de Atalaura, sino el otro, el Inti, que de noche duerme y de día reina por sobre todas las cosas.

Cuando el tren llegó, al cabo de tres o veinte horas, ya no sé, Ulises dio un brinco de sapo gordo, se puso los zapatos a tropezones y salió de la estación. Me quedé espiando desde la ventana, le vi saludar al conductor, su "compadre" como le llamaba, y conversar un momento. Al rato el conductor miró hacia la estación. Cerré la cortina, tratando de ocultarme. De pronto me sentía nerviosa: nunca había hecho el viaje "a la buena", siempre de polizón, siempre robando. Me daba terror el hecho de que Rafael me esposara y me hiciera viajar en la locomotora, junto a él, para entregarme a la policía entrando a la capital. No tenía por qué confiar en ellos... Me fui corriendo a la ventana trasera para abrirla y plantar carrera hacia el desierto, pero en eso vi al niño. Armando dormía tranquilo. "Cuando el niño duerme, descansa", volví a pensar, y por él no escapé. Me quedé haciéndome la valiente, recordando el libro que hace pocas horas había leído, aquel en que el héroe tiene un destino y no puede escapar de él. No quedaba más que enfrentar. Decidí salir antes de que Ulises me buscara. De alguna manera necesitábamos saber de dónde venía Armando y si la policía lo sitiaba o no.

—Buenas noches —dije, asomándome desde la cabaña, a la luz exigua de la lámpara de aceite que Ulises sostenía en su mano.

—Buenas —respondió Rafael—. Yo la conozco —me dijo sonriendo—. Métase al de tercera, ahí quedan algunos asientos.

–No, tercera no –repliqué yo–, necesito ir en primera, necesito saber de buena fuente qué pasó en Iquique.

–¡Iquique! –exclamó el conductor, mirando a Ulises–. No, pues, compadre, lo de Iquique es delicado, no lo puedo ayudar…

–Tienes que ayudar –respondió Ulises, haciendo el ademán de quien dibuja un rectángulo en el aire. No entendí el gesto, pero el conductor sí, porque de inmediato cambió su actitud.

–Súbase al de primera, por la puerta de atrás, ahí también quedan asientos –me dijo servicial.

–Gracias, compadre –replicó Ulises, llevándose el dedo índice hacia la boca y luego apuntándole como quien tiene un arma.

–Ahora sí estamos empate, en todo caso –respondió el conductor, molesto.

–Ah, no. Todavía no. Estaremos empate cuando eso salga de mi estación –dijo Ulises, con un tono de matón profesional que nunca le había oído.

–¡Claro! Todavía no… todavía no –replicó Rafael.

De tal modo que me fui a la puerta delantera, Ulises me acompañó. Me encargó que me cuidara, que no hablara de Iquique, que eligiera bien a quién hacerle preguntas.

–¿Ya se te olvidó quién soy yo? –le pregunté irónica– La Galleta de los trenes, Ulisito. Que no se te olvide.

Me monté en el tren guiada por el ayudante. Era la segunda vez que entraba al vagón de primera clase por la "puerta oficial". A la fecha me había escurrido entre los coches comunes y el merendero. Había pocos viajantes: un par de hombres roncando, más allá una familia de ingleses, con sus tres hijos y un infante en un moisés. Dormían, menos una pequeña de unos doce años que me miraba con interés. Pensé en Madeline, mi hermana. La muchachita de rizos dorados y mirada verde del tren me despertó la nostalgia.

El inspector me indicó un asiento vacío al inicio. No estuve segura de sentarme allí, pues estaba demasiado lejos de la vía de escape. De pronto me sentí incómoda.

—¿Qué le pasa? —me preguntó el ayudante en susurros, al ver que yo no me sentaba.

—No quiero irme aquí, es peligroso.

—Pero usted pidió, pues…

—Cambié de idea. Lléveme a tercera.

—¿A tercera?

—Sí, vamos.

Emprendimos la partida hacia tercera clase atravesando el pasillo. La muchachita me seguía con la mirada y me hizo señas de despedida con la mano. De pronto no entendí por qué cambiaba de idea durante ese viaje oficial como pasajera regular. Pero como decía Atalaura, todas esas veces en que me dolía el estómago sin motivo aparente y luego se desataba el infierno sobre las cabezas de mi madre y mía, esas jornadas en que las tripas me decían que se venía algo malo, grave, una discusión, un nuevo interrogatorio sobre mi pasado, sobre *mi* madre; una nueva ronda de preguntas sin respuesta, Atalaura decía que al cuerpo había que hacerle caso, que "el cuerpo avisa". Pues ahora algo me estaba avisando de irme con los empolvados y no con los estirados, de cambiarme al lugar donde viajaban los obreros accidentados, las prostitutas viejas que iban a jubilarse al sur, las familias que acababan de ser despedidas porque se cerraban algunas minas. Que allí encontraría más respuestas que en el carro de primera, como si mi vida fuera un ir y venir entre carros y clases, y el de primera fuera un espacio cerrado a la verdad. Seguí al ayudante a través del coche comedor, donde ya empezaban a instalar las mesas para el desayuno. Sobre una panera había pan fresco, así es que me robé cuatro marraquetas y las metí en la bolsa mientras el ayudante seguía avanzando a traspiés. El tren ya había partido y nosotros salíamos al hielo de *la* Atacama para cruzar de un vagón a otro. El ayudante trataba de sujetarme del brazo, a lo cual yo respondía esquivándolo y saltando de un carro a otro. Él no tenía cómo saber que ese brinco entre vagones, a medianoche, era parte de mi rutina.

Cuando llegamos al coche de tercera y antes de abrir la puerta, me miró serio y me preguntó si estaba segura de querer viajar allí. Le respondí que sí, que encontraría a algún viejo conocido de mi época de prostituta. Entonces se sonrió nervioso y dijo que él era casado y feliz. A lo cual respondí que no se preocupara, que yo ya estaba jubilada.

Entré al coche, todavía sonriendo por la reacción del chico de unos veintitrés años, con su anillo brillante de oro en el dedo izquierdo, el cual agarró con ahínco cuando le inventé lo de ser prostituta. Luego pensé que qué hubiera hecho yo, de no ser él un hombre jovencito recién casado y feliz... En fin, me había acostumbrado a tomar riesgos excesivos, eso estaba claro.

Como era de esperarse, el vagón de tercera estaba repleto. Había familias de veinte, en serio, pareciese que entre más hambre le daba a los mineros, más hijos parían. Por otro lado, viajaba un grupo de jóvenes trabajadores. Algunos tenían las piernas vendadas, pero a la mayoría le faltaba las manos. Los accidentes armando tiros eran clásicos: la carga se les quedaba pegada en la palma y no podían arrojarla lejos. Cuando no los volaba en pedazos a ellos, les reventaba los dedos. Ya mancos, no servían para nada y la empresa los despedía sin pensarlo dos veces. Al menos los cojos podían trabajar en las pulperías, haciendo listas. ¡Qué risa!, todos maltratados... Eso contaba Atalaura.

Me busqué un asiento entre la muchedumbre. Entonces la vi. Era la misma mujer con la que me había encontrado algún tiempo atrás, la que viajaba con su jaula de gallinas y no se parecía a nadie. Sin exagerar. No era de pelos negros, piel bronceada, estatura media de los mineros. Tampoco era flaca, alargada y pálida como mi familia. No. Ella era de un tipo diferente, pensé que en un campo de flores, ella sería cactus.

Me sentí atraída por ella, así es que avancé por el pasillo para sentarme lo más cerca que pude. Encontré un puesto justo detrás. Me alegré porque podría espiarla a mis anchas durante el viaje. Quizás hasta me atrevería a hacerle algunas preguntas.

A LA CAPITAL

"El viaje es más agradable en tercera", pensé. Ni siquiera quise detenerme a recordar cómo era en primera clase, con los asientos mullidos de terciopelo marrón. Al final llegábamos a nuestro destino, la capital no se hacía más o menos impresionante en relación al vagón del cual te bajabas. Santiago, la urbe grande, vieja, ruidosa. Santiago, construida como un perfecto entramado de cuadras, la cordillera de los Andes mirando la ciudad desde sus alturas de vértigo. La gente apurada, los mejores trajes, la moda. Santiago y la música de última temporada, la calle de los libreros y la Confitería Torres. Ese sería mi segundo destino, después de parar en la pensión de calle Independencia, donde Meche estaría dispuesta a recibirme.

Si quería encontrarme con mi tío Navidad sin cruzarme con otros ingleses, necesitaba ir a la Confitería Torres. Allí le gustaba a este hombre pasar por las tardes en su camino a la mansión de la Avenida España. Antes había vivido con nosotros, en el norte. Era el hermano mayor de mi padre y yo le llamaba Navidad, por una tarde lejana en que apareció por nuestra casa el veinticinco de diciembre, borracho y vistiendo ropas rojas. Mi madre, con la flema que la caracterizaba, convocó a Atalaura con una llamada de campanilla y cuando nuestra cocinera se asomó al comedor, Victoria le indicó con la mirada el bulto que se acababa de desplomar en la cabecera de la mesa, en el asiento de mi padre, quien se había levantado para guiarlo a la habitación de huéspedes. De tal modo que Atalaura y mi padre cargaron con un risueño Navidad, que para mayor dramatismo carcajeaba con voz ronca y exigía que le permitieran entregarnos los regalos. "¿Qué regalos?", pregunté yo, pero la mirada gélida de Victoria me clavó en el asiento. Dando tropezones de ebrio se llevaron al primer Papá Noel que vi durante mi infancia. Y el último. Fue la única fiesta en que tuvimos la visita de un personaje vestido de rojo, porque mi familia, aún no sé el motivo, no creía en este señor que traía juguetes a los niños.

La perspectiva de encontrarme con mi tío Navidad me alegraba, porque siempre lo sentí más cercano que mi madre; e incluso a veces debía confesarme a mí misma, más cercano que mi padre también. Yo sabía que podría contar con su discreción. Teníamos una complicidad que se había afianzado por las experiencias compartidas y su obstinación por aprender el español. Pero él tenía una lengua traposa y una dificultad aguda para repetir sonidos. Uno de nuestros juegos favoritos, cuando niña, era hacerle pronunciar la palabra "perro" y verlo frustrarse ante la consonante que no podía dominar; avergonzado, seguía intentando hasta que se ponía colorado por el esfuerzo, porque a cambio de hacer rodar la "r", lo que hacía era bañarme con saliva, ejercicio que terminaba conmigo atacada de la risa.

Él sabía de mis escapadas por las tardes de domingo, con Eduardo, el hijo de Atalaura y los niños del otro lado de la cerca. Cuando volvíamos de nuestras aventuras, él estaba sentado leyendo bajo el único árbol que no se le murió a Victoria. Durante mi primera escapada, lo encontré ahí a mi regreso; pero él leía de manera tan concentrada que no me vio. Y no me vio hasta el día en que mi madre me descubrió desde el balcón del segundo piso. Entonces tío Navidad se levantó de su silla al instante, vino hacia mí y me dijo "lo siento, no me fijé…" Ahí comprendí que había estado esperándome, que su rutina de domingo era sentarse a la sombra del pimiento, verme salir y asegurarse de mi regreso, sin decir palabra a mis padres.

Lo extrañaba mucho y sabía que no fue su deseo mudarse a Santiago, pero la junta de directorio se lo había ordenado. Esto fue cuando la compañía tomó la decisión de empezar a vender las minas, instigados por la guerra con los países vecinos; mas fue la gran guerra posterior, aquella en que Alemania creó el salitre falso, la que asestó el golpe final.

Era una tarde gris de invierno, la tarde en que mi tío se fue. Una de esas tardes que se repetían durante julio, ni frías ni tibias, en que el cielo se cubría de nubes espesas que no permitían que se colara ningún rayo de sol. Esa tarde, Navidad se despidió de nosotras. Circunspecto como era habitual, le dio un apretón de manos a mi hermana Madeline, quien además le hizo una reverencia y se fue corriendo a jugar con sus muñecas. Cuando era mi turno de estrechar su mano, me abrazó. Jamás lo había hecho y Victoria se apresuró en separarnos. "Disculpa, Victoria", le dijo él. Mi padre, en cambio, le golpeteó la espalda y le indicó la puerta. Así Navidad salió de mi vida, cuando yo tenía quince años. Y aunque se aseguraba de enviarnos un libro a mi hermana y a mí, en diciembre, no supimos nada más de mi tío, de manera directa, hasta mi primer viaje en convoy, tres meses atrás.

Yo había oído a mis padres hablar de la mansión en Avenida España. Era propiedad de los Eastman, quienes la habían adquirido de la viuda Astaburuaga que ya no podía mantenerla. La viuda era accionista de las minas y producto de algunas malas inversiones en otros flancos, había tenido que desprenderse de la propiedad, según contaba mi padre a sus socios en una de las últimas cenas de negocios en casa. Esos eran uno de los tantos eventos donde yo me escabullía a la cocina, con la excusa de estar con Atalaura pero, en realidad, mi intención era escuchar las conversaciones de los hombres.

Mi reencuentro con Navidad se remontaba a ese viaje inaugural en que llegué magullada a la capital, con sangre en los muslos; y aunque no supe bien qué, sé que algo me pasó en esa primera noche sin luna arriba del Longino.

Antes de que entráramos a la estación, me tiré del tren y por la inexperiencia me caí y rodé por el suelo de piedras y pasto. A pesar de sentirme adolorida, pensé que el pasto era algo hermoso, una alfombra verde que crecía muy en contra de las rocas. Esa fue la impresión inicial de la metrópoli en mi cuerpo. La segunda, el frío, un hielo diferente que me mordía las entrañas. Me levanté y oí la voz de alguien que me llamaba.

—¡Oye, oye, agáchate!

Era Meche. Estaba parada junto a las vías, al final del tren. Tenía una canasta con emparedados.

—¡Agáchate si no quieres que te agarren! —insistió.

Me quedé pegada al suelo, sobre ese trocito de pasto que me hacía cosquillas en la nariz. Cerré los ojos, estaba agotada, me dolía la entrepierna y no tenía memoria. Sólo recordaba haberme subido tres días antes al vagón de carga. Nada más.

Cuando el Longino abandonó la estación y el bullicio de los pasajeros decreció, oí la voz de Meche junto a mí.

—Vamos, yo tengo una pensión. Te puedes quedar ahí —dijo, tomándome del brazo para ayudarme.

—No sé qué tengo… —le dije, con las rodillas temblorosas.

—Mejor que no sepas… —me respondió, mirándome las faldas rasgadas.

Me cubrió la espalda con el mantel que llevaba en el canasto y nos encaminamos hacia una de las puertas auxiliares del terminal.

Me explicó que su pensión quedaba en la calle Independencia y que era bastante cerca de ahí. Nos echamos a caminar y a mí me pareció muy larga la ruta por los malestares que acarreaba tras el viaje. Recuerdo que cruzamos el río que olía a agua dulce y basura y la mujer me llevó hasta su casa, que quedaba en un cité. Nunca había visto algo así. En realidad, nunca había visto una ciudad tan grande como Santiago.

De donde yo venía, el punto más alto parecía ser el balcón de mi casa. El resto de mi ciudad se debatía entre el polvo de las calles sin empedrar y los cerros de la costa. Nunca antes había oído tanto ruido de gentes, ni hablar de la magnífica cordillera de los Andes. Si antes había pensado que el cordón costero de Antofagasta era imponente, esos picos nevados gigantes en el horizonte me dejaron sin palabras. La capital, además, llevaba dentro de sus huesos un frío penetrante y metálico que crecía conforme pasaban las horas, como si ese sol amarillo pálido, colgado allá arriba, no fuera más que un adorno. Pensé que me haría falta ropa y otro tipo de zapatos.

Ya en su casa, Meche me dijo que tenía tres piezas, que no se ocupaban todas porque había dos "parroquianos" que trabajaban en el puerto, estibando; y la última, que la arrendaba a pasajeros del Longino. Pero que ese día nadie había respondido a sus llamadas de "Pensión familiar, pensión familiar". También dijo que los porteños venían a Santiago a parrandear y que por lo general llegaban los sábados por la mañana.

"Aquí está la mejor parranda, negrita", agregó Meche con dulzura. Y yo no supe qué decir ante el sobrenombre cariñoso que me daba. Nunca nadie me había llamado "negrita" aunque el color de mi piel era evidente. "Me dicen Galleta", le repliqué con timidez. "¿Galleta?, ¿por qué?", inquirió ella. "Porque me llamo Wyetta y nadie, aparte de mis padres y mi hermana, lo pueden pronunciar", le respondí, un poco avergonzada. Una negrita con nombre inglés, bajándose a golpes de un tren en marcha. "¡Galleta será!", replicó alegre y me llevó a la habitación que estaba libre.

—Ésta es de Lucho —me dijo, encendiendo una vela. El dormitorio era oscuro, no tenía ventanas— Te pido que no enciendas la luz de día, es muy cara… Te daría la otra pieza, pero tengo esperanzas de encontrarme alguien que me pueda pagar por pieza exclusiva. La pieza compartida es más barata y me puedes pagar más tarde, no hay problemas. El Lucho llegará el fin de semana, ahí te puedo pasar a la otra, si no la he arrendado… Tranquila, no te dejaré en la misma pieza con Lucho, Lucho trae a su señora, así le llama él, su "señora"… Ven que te muestro el baño.

—¿Te pago? —en realidad, casi no había oído más a partir del momento en que el dinero entró en la conversación.

—¡Sí, claro!, las pensiones se pagan… ¿Me estás tonteando?

—¡No!, no… Es que no tengo nada.

—¡Bendita seas! ¿De dónde vienes?

—Del norte… de… —pero no quise terminar la frase.

—¿Y no traes plata? Pero si allá está toda la plata… Dicen que es el mejor lugar para vivir, el norte… Todo el mundo se quiere ir para allá.

–¿El mejor? –repliqué, pensando en la gente que se moría por respirar el polvo de las faenas, los mutilados, las viudas y los acuchillados en riñas, lo que Atalaura me contaba que ocurría en las minas, que ella se enteraba no sé cómo porque nunca salía de casa.

–Bueno, a ver… –dijo Meche en un tono maternal al reparar en el temblor de mi mentón– ¿Qué sabes hacer?

–Mmm… ¡Ya sé! Sé tocar el piano, hablo y leo francés, aunque lo escribo mal… También sé bordar, pero se me da mejor disparar el rifle de caza… Mi padre me estaba preparando, él decía que me llevaría a cazar a África, como su padre lo había llevado a él cuando cumplió los dieciocho años… Bueno, en realidad nunca he disparado uno, pero mi padre me dejaba tocar el rifle y me enseñaba… Es que mi padre era muy moderno… Decía que ya era tiempo de ir rompiendo la costumbre de sólo enseñar cacería a los hombres y que al volver a Inglaterra, yo podría cabalgar atravesada y con pantalones, no de lado como las *Ladies*, que el nuevo mundo era más adelantado por eso, decía, porque la mujer…

La risotada de Meche interrumpió mi relato. Se reía tan fuerte que las paredes del dormitorio parecían remecerse. Se agarraba la barriga y hacía el gesto de no poder respirar.

–Eres buena para contar historias… –dijo al fin, secándose las lágrimas de goce– Mira, se me ocurre algo, los sábados se arma un malón acá en el cité. Yo vendo empanadas y la vecina, chicha. Hay uno que canta, pero se emborracha y nos quedamos sin entretención. Les voy a decir que llegó una cuentera, te paras ahí al medio y hablas lo mismo que me contaste a mí. Después te dan propinas. Las cobro yo y ahí quedamos a mano. ¿Trato?

Pensé que Meche estaba bromeando ¿Cuentera yo? Lo que le había dicho era cierto. Pero ella tenía razón, no me llevaba a su pensión por caridad. La idea de haberme escapado era, en definitiva, una soberana estupidez. No pensé en las consecuencias, pero ahí estaba, sin dinero, adolorida y con la perspectiva de entretener con la historia de mi vida a un grupo de borrachos. Me desesperé un poco, pero entonces recordé a mi tío Navidad y la casona de Avenida España. Tendría que irme con él.

Estreché la mano de Meche, que me la tendía con la intención de cerrar el negocio que se le acababa de ocurrir. Le pedí el baño para tratar de limpiarme la sangre reseca de los muslos. De pronto algo recordé, como una lluvia de imágenes de lo que me ocurrió en el tren, pero así como vino, se fue.

Me arreglé lo mejor que pude, con lo poco que traía y le pedí a Meche indicaciones para llegar a la Avenida España.

–¿No vas a descansar un poco, Galleta? –me dijo, mientras amasaba con la misma pericia que Atalaura.

–No. Necesito ver a alguien.

–Bué…tú sabrás. Vete a la calle principal, la cruzas y verás las líneas del tranvía, lo tomas hasta la parada "Alameda de las Delicias". Allí te bajas y te vas caminando de espaldas a la cordillera. No hay por donde perderse… –añadió, sin levantar la vista de la masa– Para volver, haces lo mismo, el tranvía va y viene por la misma calle. Y agarra un chal de ese ropero… ¡no te me pierdas!, ¿ah? Mira que ya me debes una noche! –se rió– Ya veo las caras de los parroquianos el sábado, cuando te escuchen contar tus cuentos…

Seguí las indicaciones de Meche y encontré la parada del tranvía. Vino el primero y observé que la gente se montaba rápido y que había un cobrador. No tendría cómo viajar gratis, porque ese trencito no llevaba vagón de carga. Al cabo de dos tranvías, decidí que la única solución sería caminar. Así es que me fui siguiendo las vías del tren, hasta llegar a la "Alameda de las Delicias". Cuando llegué, entendí el nombre que le daban: había paseantes con sonrisas amplias, bien arropados, saludándose de un lado a otro, bajo esos árboles pelados por el invierno.

Continué mi andanza hasta que me topé con la Confitería Torres. Recordé el lugar por una conversación de mi padre con uno de sus amigos, refiriéndose al gusto de Navidad por la mistela del local. Era un edificio majestuoso de dos pisos, decorado con muchas volutas de estuco, nada como las casitas de madera agusanada y adobe del norte. Traté de mirar a través de los cristales, pero los mozos me espantaron de allí, así es que me quedé en la esquina, muy atenta a la entrada y salida de los clientes del café, con cansancio, hambre y temblando, ¡qué fatal era el hielo santiaguino! Pensé que si tenía suerte, Navidad se aparecería.

–¡¿Sobrina?! –alguien me tomó del brazo. Era mi tío.

La verdad es que luego de ese viaje y el sinnúmero de periplos que hice después, Navidad poco a poco asumió que no había nada que hacer conmigo. Que me había lanzado a las vías como antes me lancé a aprender el español y antes de eso, el clarinete, por más que mi madre insistiera en que tocara el piano. Lo aprendí, sí, el piano era propio de señoritas; pero al mismo tiempo me las ingenié para dominar el clarinete bajo la instrucción precisa de mi tío Navidad. Teníamos ése y muchos otros secretos, que Victoria intentaba desenmarañar interrogando a Navidad cuando se relajaba después de un par de copitas de licor.

Mi tío me abrazó fuerte, con el rostro descompuesto por la sorpresa de verme allí. Puso su abrigo sobre mis hombros y entramos al restaurante.

–¿Qué haces aquí? –preguntó, azucarando el té y sin quitarme la vista de encima. Había ganado peso.

–Me escapé…. –dije, mirando el plato de civet que me acababan de servir.

–¡Wyetta!, ¡tu madre debe estar tan asustada! Termina pronto, vamos al telégrafo. Debemos avisarle…

–¡No, por favor!

–No es pregunta, Wyetta, lo hacemos y ya.

Terminamos la cena y nos encaminamos al telégrafo. Navidad dijo que había una oficina muy cerca de allí e iba decidido. Conocía la ciudad palmo a palmo, me di cuenta. Yo apenas podía caminar, el chal de Meche no era lo suficientemente abrigador y sentía los dedos de los pies agarrotados por el frío. De todos modos trataba de apurar el tranco para mantenerme cerca de Navidad, pues había mucha gente circulando por esas calles. Además, en algunas esquinas era preciso esperar a que los tranvías y carruajes pasaran primero. En una de esas intersecciones vi mi reflejo en la vitrina de una tienda y me sorprendió ver ese cuerpo encorvado, arropada con el mantón de lana azul, las piernas regordetas al aire libre por las faldas cortas que Meche me prestó y los zapatos para el templado invierno nortino. Sentí tristeza, estaba dando un lastimero espectáculo, pero también reconocí que no deseaba volver a mi casa, a la telaraña de mentiras que Victoria urdía para no hablarme de *mi* madre. "Vamos a entrar aquí", me dijo Navidad, al verme observando la vitrina. Era un almacén de tres pisos donde vendían desde cosméticos hasta bufandas, una impresionante tienda para señoras adineradas.

Me probé faldas de lana que me llegaban al tobillo, abrigos de paño y guantes. Lo último fueron las botas de cuero contra la lluvia, porque "en cualquier momento se manda a llover", eso dijo la vendedora. Nunca había visto la lluvia y lo poco que sabía de ese prodigio, era lo que Atalaura me había contado sobre los aguaceros del sur, de donde ella provenía. De pronto el malhumor se me disipó, por eso sé que era muy niña en esa época, porque muy rápido y sin gran esfuerzo, el viaje de rebeldía se convirtió en un viaje de descubrimiento y vanidad: vestiría a la última moda durante mi primera lluvia.

De camino a la oficina de telégrafos "se mandó a llover", tal y como había dicho la dependienta. El agua era fría, millares de gotas se descolgaban de nubes oscuras que habían cubierto el cielo en cuestión de horas. Navidad me indicó que nos apuráramos, mientras maniobraba el paraguas que nos protegía a ambos.

En la oficina, la realidad de mi visita inesperada terminó con la novedad del aguacero, me había escapado y había que avisarle a mi madre. El telegrama fue escueto: Navidad le anunció a Victoria que yo estaba bien y que regresaría en cuatro días. A la salida, mi tío prefirió que tomásemos un carruaje hasta la mansión de Avenida España.

La casa era monumental, de dos pisos y columnas en la entrada, con un antejardín de rosas y gladiolos. Nos recibió Martina, el ama de llaves, una muchacha joven de piel bronceada que se iluminó al ver a mi tío.

Sin muchas palabras, Martina me indicó el dormitorio de huéspedes y así me pasé los días con ella en espera de volverme al norte, en una casona demasiado grande para las dos, con Navidad saliendo temprano por la mañana y regresando tarde por la noche.

Estoy segura de que mi tío pensó que mi fuga había sido un evento aislado, que bastaba con mandarme de regreso a casa de mi madre para que "el espíritu juvenil se me aquietara". El día que me llevó al tren, me instaló en primera clase, encargada a un par de ingenieros conocidos de él que iban por cuestiones de trabajo. "Estás así por tu padre, Wyetta, lo sé", me dijo, "pero pronto te sentirás mejor y eso es mucho decir para un hombre inglés", agregó con reserva, antes de que me subiese al vagón. Sin embargo, la intención de mi tío de reformarme quedó anulada el día que me encontró de vuelta en la esquina de la Confitería Torres, dos semanas después de nuestro primer encuentro.

–Supongo que si te mando de vuelta, te vas a venir en el siguiente tren.

–Exacto –le respondí, con un tono de voz bajo y mirándolo fijo.

–Es que es tan peligroso, Wyetta… –me dijo, preocupado.

–Sí, lo sé –le contesté, casi sintiendo nuevamente ese dolor penetrante en la entrepierna–, pero ahora viajo preparada –agregué, dejándole ver la empuñadura del cuchillo que había tomado del equipaje del alemán.

–Mejor no quiero saber –me dijo.

–Mejor…–respondí.

–Eres una rebelde, Wyetta –concluyó resignado.

Después me enteré de que en cuanto yo aparecía, él le avisaba a mi madre y Martina se volvía mi sombra, hasta que abordaba el tren de vuelta.

En esas breves estadías, Navidad y yo gustábamos de cenar juntos en la Confitería Torres y brindábamos con mistela él y jugo de moras, yo; hablábamos en inglés y en francés con tal de llamar la atención. En especial la de una cierta chilena, hija del dueño del palacio Íñiguez, que todavía no se resignaba a ver su antigua residencia convertida en un restaurante y pasaba de tarde en tarde a visitar a su antiguo mayordomo que ahora manejaba el local. Las pocas horas que compartía con Navidad en Santiago me devolvían a mi padre. Veía en sus ojos la misma ternura con que William solía mirarme. Ya habían pasado cinco meses desde su muerte y mi reloj interior se había acelerado al punto de sentirme una mujer de treinta años, con dieciocho recién cumplidos.

Navidad también había notado el cambio y supongo que eso le daba tranquilidad.

En este último viaje, cuyo objetivo era el niño y no mis "berrinches de malcriada" como decía Victoria, pasé a saludar a Meche para pedirle alojamiento. Me extrañó no verla en la estación, vendiendo sus panes amasados y ofreciendo pensión. Me fui al cité y la encontré en cama, estaba enferma, había contraído la gripe y le había agarrado con ambas manos, tanto que no podía ni levantarse. "Ya estoy vieja, Galleta", me dijo con tono melodramático. "¡Vieja mi madre!", le contesté, mientras me apuré en alimentar el fogón para prepararle una sopa de repollos, el mejor remedio para la dolencia. "¿Quién te viera y quién te vio?", dijo sonriendo. "Pensar que cuando recién llegaste, no sabías ni partir un pan". Meche tenía razón, por más horas que pasara con Atalaura en la cocina, me prohibía acercarme a los utensilios. "Una señorita no cocina", me decía. ¡Qué tontería!, yo era una señorita con conocimientos inútiles. Había sido Meche quien me enseñó a cocinar y a pegar botones. Cuando la sopa estuvo lista, almorzamos y ya pronto me sentí inquieta.

–Ya sé, te vas a buscar al Navidad ése –dijo.

–Es mi tío –le contesté, al notar el tono pícaro que solía poner cuando yo me preparaba para irme.

–Sí, claro, el tío bueno que viene en Navidad –respondió.

–Algún día te lo presentaré, Meche –le dije, un poco avergonzada.

–No hace falta, Galleta, vete a hacer tus trámites con tu tío… Sabes que me gusta tontearte, y gracias por la sopita, estaba buena –se recostó para quedarse dormida.

Salí a la calle para tomar el tranvía. Su movimiento era más dulce que el del Longino. El Longino era una bestia; mientras que el tranvía, una cuncuna. Descendí en la ya familiar Alameda de las Delicias y caminé hasta la Confitería Torres. Lo esperé en la misma esquina acostumbrada, aunque ahora iba bien premunida con el abrigo de piel.

Lo vi acercarse a lo lejos. Cómo había engordado mi tío en los pocos años que llevaba lejos de nosotros. Se había puesto colorado, la nariz le había crecido, tenía pelos saliendo de las orejas y un vientre amplio y puntiagudo, como si estuviera encinta.

–¡Wyetta!, ¿qué haces aquí? –me dijo cuando me vio– ¿Y ahora qué?, supongo que no debo preguntarte cuándo vas a volver a tu casa…

–Supones bien, tío. Ha pasado algo en el norte, en Iquique, por eso estoy aquí.

–¿Ya te enteraste? ¿Cómo? Hemos hecho todo lo posible por ocultarlo…

–¿Hemos? –respondí con espanto.

–Sí, Wyetta… Si los inversionistas saben lo que pasó, no querrán comprar las minas. Hay mucha presión para que ocultemos esto. Como si fuera algo que se puede ocultar…

–¡Pues no se puede!, menos aún si tu sobrina está involucrada.

Navidad abrió los ojos tan grandes que pensé que saltarían de sus órbitas. Me tomó del codo y me alejó de la Confitería Torres, cancelando la invitación a cenar. Nos fuimos caminando en silencio hasta la casona de la Avenida España, que quedaba a pocas cuadras de allí. Lo noté preocupado, como intentando decirme algo, pero sin poder encontrar las palabras. Lo noté triste, también. Sabía que Navidad no podía estar con aquella matanza. ¿Quién había dado la orden? Pero más que eso, ¿de dónde venían los mineros? Pensé en el niño y en sus piernas chuecas. ¿Qué estaría haciendo con Ulises, los dos varados en el desierto, a esa hora? Sentí tristeza por Armando, por mí y la tristeza incluso alcanzó para cubrir a Navidad y su lealtad a la empresa.

Martina, el ama de llaves, nos abrió la puerta de la casona, quién además y según yo había comprobado, amaba en secreto a su antítesis, al blancucho de pelo gris que era mi tío. Eran dos seres que por más techo en común, jamás se toparían. Martina nos abrió como si hubiera estado esperando tras la puerta, espiando la avenida por la más mínima señal de que su "Señor" se aproximaba.

La casa estaba temperada, los fogones encendidos en todas las habitaciones. La madera brillante del piso, de las barandas de la escalera que conducían a los altos, el cristal reflejando la luz tenue de las lámparas que funcionaban a vela y a electricidad. Muy bien pudiera estar recién fregada esa mansión, recordé mi casa del norte y su eterna pátina de polvo. ¡Cómo Atalaura pasaba los plumeros, trapeadores, la escoba cada mañana, sólo para encontrarse la misma película de suciedad por la tarde! Recordé, de niña, la insistencia de Victoria en que limpiaran dos veces al día, tanto que hizo traer una ayudanta para Atalaura. Pero al cabo de algunos años, Victoria se rindió a la voluntad de *la* Atacama. Nada ocurría en ese desierto sin que el desierto así lo quisiera.

Martina me saludó efusiva. Todavía hoy pienso que al encontrarme un tanto parecida a ella, aunque yo era mucho más baja de estatura y se veía ya que no me alargaría más, Martina abrigaba la esperanza de que el amor paternal que Navidad sentía por mí se extendiese a ella y se transformase, en algún momento, en algo romántico. No sabía Martina de la obsesión que tenía mi tío por aquella cierta chilena que se paseaba por la Confitería Torres como tratando de retroceder el tiempo y recuperar ese palacio que en otras épocas fue materia de su testamento.

Avanzamos por el pasillo hasta el estudio. Martina ya se había encargado de colgar mi abrigo de piel y la capa de Navidad. Él le pidió dos tazas de té y biscotes. Nos instalamos junto a la ventana, en el sofá tapizado de azul que Navidad había insistido en traerse desde Antofagasta cuando se mudó.

Y así, sin mucho preámbulo, me contó los detalles de la matanza. Quién la había ordenado, quién la había organizado, quién la había ejecutado. También agregó los porqués. Las demandas de los mineros, que él reconocía justas; sin embargo, eran imposibles de atender. Que los ingleses se iban, que nosotros, los Eastman, nos íbamos. Que aquello era secreto aún, los mineros no lo sabían y que no permitirían que se corriera el rumor, aunque había sospechas porque ya se estaban cerrando algunas salitreras. Hacía falta acallarles para continuar con las ventas, con los traspasos, las negociaciones. Los posibles compradores ganaban mucho más si compraban minas funcionando, no así minas andando entre huelgas de hambre y marchas hacia los puertos.

Escuché en silencio. No podía creer que Navidad, ese tío que antes fue flaco y ahora era un barrilito alegre que brindaba con mistela hasta el vuelo de un pájaro, me estuviera revelando estos detalles sin ningún dejo de arrepentimiento, como si hubiera ahogado la conciencia con el licor criollo.

–¿Y tú estás de acuerdo con la matanza? –me aventuré a preguntar, con el terror de oír la respuesta.

–Yo… yo… Entiendo que a veces se toman medidas extremas… No es algo nuevo, Wyetta, esto ha pasado muchas veces antes, incluso en nuestro país.

–¡Éste es mi país! –repliqué enojada, y sin saber muy bien qué decía.

–Éste no es… –dijo él, guardando la compostura– Pronto nos iremos a Bristol, Wyetta, lo quieras o no. Y con tu padre muerto, lo mejor que puedo hacer por la familia es vender su parte de las minas al mejor precio y al mejor postor.

–¡¿Aunque esto signifique matar?!

–Pues sí…

Los momentos siguientes no los recuerdo con exactitud. Cuánto deseé no ser una de ellos, quitarme a la fuerza la parte de "nosotros, los Eastman". Yo estaba segura de que no les pertenecía, ni a ese grupo de ingleses que se había descolgado de un barco al otro lado del océano como un batallón de langostas, para comérselo todo. Ahora, con barrigas llenas, se iban, sin importar el reguero que dejaban detrás. Mi tan amado tío Navidad, con su panza redonda y sus mejillas coloradas, era uno de ellos.

Antes de salir me abalancé sobre la colección de abrecartas que Navidad había reunido a lo largo de los años. Varios de oro, algunos de marfil, con incrustaciones de esmeralda, rubíes y hasta uno con un minúsculo diamante, los de plata y lapislázuli. Los tomé y los metí en el bolso. De junto, vi uno de los libracos de registro que a veces mi padre llevaba a casa, que contenían los nombres de los mineros de cierto yacimiento, la labor específica que realizaban, dónde vivían y cuántos críos tenían. Así decía el libro: "críos". También lo agarré.

–Wyetta… –replicó Navidad con voz quejumbrosa, pero no hizo ningún intento por levantarse y disputarme el libro.

En el librero había una hilera de tomos del mismo tipo, alineados contra la pared, los lomos de cuero café oscuro y reseco. Tomé dos más, eran tan pesados. Deseé que alguno de ellos tuviera la información de Armando. Era una tarea casi imposible, pero era mejor que nada.

Entonces me fui sin mirar atrás, sólo con la vaga sensación de un Navidad cabizbajo a mis espaldas.

Cuando abrí la puerta de sopetón, le di en la cara a Martina con la perilla. Había estado con la oreja pegada y mirando por el agujero de la cerradura. Se cayó al suelo por el golpe, pero no dijo nada. Se levantó con prisa, corrió al clóset de abrigos y me entregó el mío. Salí de la casona de Avenida España con intenciones de no regresar jamás; así terminaba mi única, verdadera, real y amorosa conexión con los Eastman. Esa parte de mi vida estaba concluida. Yo era chilena y me quedaría en Chile. Pensé en Armando y en sus piernas chuecas, él merecía conocer su verdad y yo me encargaría de contársela.

De vuelta en la pensión, aunque Meche seguía soplando mocos, por lo menos ya estaba en pie, preparándose para el fin de semana. Me dijo que los "parroquianos" llegarían esa misma tarde y que de seguro vendrían pidiendo empanadas. Me iba a la habitación de Lucho, pero Meche que me dijo que la "esposa", haciendo una mueca de burla, ya se había instalado a esperarlo.

"Eres demasiado amarrete", le dije, al pensar en todas las maneras que Meche tenía de hacerse de dinero. "¿Y ahora qué hago?", le pregunté, sabiendo que me quedaba un par de días más en la capital, antes de poder regresarme a Varillas, a llevarle la historia a Ulises y decidir el destino del niño.

–Ayúdame a hacer empanadas –respondió, con el sentido práctico que tanto yo le admiraba.

EL FRÍO

La estación Mapocho parecía más ruidosa de lo normal, con las gentes corriendo para subirse a trenes que iban a los dos puntos importantes del país en el norte y el sur. Los bebés llorando, los niños riendo, los hombres bebidos y las mujeres que se encaramaban para ofrecer sus "servicios" de compañía a bordo. Meche me había ayudado a amarrar los libracos con un cinturón de cuero. Así los llevaba y eran muy pesados.

En este viaje yo no iría de polizona. Sólo debía ubicar a Rafael, el conductor, amigo de Ulises, para poder circular sin preocupación. Cuando por fin me lo encontré no tuve que decirle nada. Rápidamente me tomó del brazo y me llevó cerca del vagón de segunda clase.

–No te subas al de primera –me dijo–. Va tu tío…

–¿Cómo sabes que es mi tío?

–De ti sabemos más que suficiente, Galleta…

Me asusté y me enojé al mismo tiempo. ¡¿Ulises les había contado cosas de mí?! Pensé en darle un buen golpe a ese narigón, por boca floja. ¿Cómo se atrevía a contar los detalles de mi vida? Eso era otra cosa, privada.

–Ese Ulises, ¡qué bocón!

–No –replicó extrañado el conductor– No fue Ulises… Fue tu mamá, Galleta. La gringa Vicho.

–¿Vicho?..

–Sí, la gringa Vicho… Te tenía encargada desde que te arrancaste, después supimos que andabas en los trenes. Paga bien para que te cuidemos. Por eso viajas sola en carga. Antes dejábamos viajar a otros compadritos. Pero desde que la Vicho nos pagó, vas sola.

–¡No es cierto! ¿¡La Vicho!? ¿De qué me estás hablando? –Me lancé en una hilera de acusaciones, entre nerviosa y avergonzada– ¿Y cómo se comunican con ella?, ¿a ver?, ¡ella no habla español!, estás mintiendo…

–Claro que habla español, Galleta… ¡Ya, basta con la conversa! ¿Te vas a subir o no? –terminó tajante, indicándome la puerta de segunda clase.

–¿Pero y mi tío?… –titubeé. De pronto la seguridad del conductor me hizo pensar que quizás decía la verdad.

–No, ese no sabe nada, ese no te encargó.

Mi madre, ¿la "Vicho"? Mi madre, "encargándome"… Mi madre, que por las reverendas verijas, no era *mi* madre. No tuve más remedio que subirme a segunda, acarreando como pude los libracos, vistiendo el abultado abrigo de piel, hasta encontrar un asiento libre. Por lo menos tenía un espacio cómodo para revisarlos y avanzar en la búsqueda de información que nos llevara al origen de Armando. Aunque desde ese momento, ese instante en que comprendí que todo mi período de fugada y rebelde no había sido más que una charada, se me instaló un nudo en el estómago y la sensación de estar digiriendo rocas me asalta incluso hoy, cuando recuerdo esa tarde.

Muy pronto oí los pitazos del tren y comenzó la marcha cansada del Longino. Me sentí en el vientre de una gran ballena que se movía lenta y poderosa, para adentrarse en las aguas profundas del desierto de Atacama. Esa primera noche fue muy incómoda y no podía dormir, la imagen de la "Vicho" se me aparecía. La "Vicho"… ¿Cómo habían llegado a llamarle así? Yo no era más que un encargo de la "gringa Eastman"…

La mañana siguiente me sentía un poco mejor aunque ya comenzaba a picar el calor de *la* Atacama y al parecer nos habíamos vuelto sopa. Me levanté para airearme un poco. Pensé en asomarme en primera clase, para espiar a mi tío. Durante nuestro encuentro en la capital, nunca me dijo que tuviera intenciones de viajar al norte. Me extrañó que lo hiciera, de hecho, en especial porque había sido muy claro en su voluntad de ocultar toda información relativa a la matanza y ejecutar lo antes posible la venta de la parte que nos pertenecía. Aunque nunca supe exactamente cuánto era el patrimonio de los Eastman, imaginé que debía ser bastante, si Navidad estaba dispuesto a justificar la muerte de cientos de familias con tal de asegurar un mejor negocio.

Avancé por los carros. Me fui abriendo paso entre pasajeros que ya empezaban a mostrar los primeros efectos de *la* Atacama en su rostro. Un pánico silencioso se les adivinaba en la mirada, cuando oteaban ventana afuera y lo único que veían era un eterno peladero.

"Sí. Esto es", le dije a un viajante primerizo que se rascaba la cabeza con mucha preocupación, mientras intentaba buscar algún signo de vida en el exterior.

Llegué al vagón de primera y espié desde la ventanilla de la puerta. No había mucha gente, apenas algunos pasajeros. Pero al fondo vi la cabeza de cabellos rubios y grises de Navidad. No supe exactamente qué hacer, si enfrentarlo o no. En los días posteriores a mi salida tempestuosa de su mansión no lo había vuelto a ver. Pero allí estaba, sentado junto a la ventana, achicando los ojos verdes para contrarrestar el brillante sol del desierto. De pronto lo vi con inocencia de niña, recordé a ese hombre pálido y bonachón que se sentaba bajo el único árbol de mi casa, a esperar mi regreso luego de las escapadas con Eduardo, el hijo de Atalaura.

No quería que me diera explicaciones y tampoco quería saber más. Así es que lo miré con detenimiento y lo dejé ir, de la misma manera en que dejaba ir poco a poco aquello que me definía como una Eastman. No era más que un apellido, por fuera y todavía más por dentro, nunca fui una de ellos.

Me encaminé de regreso a segunda clase. Como no había revisado los últimos libros, pensé que sería un buen ejercicio. Llegaría preparada a Varillas y veríamos para dónde trasladar a Armando. Algo me decía que lo más probable es que no hubiese cogido el libro que contenía la información del niño, pero me empeñaba en pasar el dedo por sobre esa caligrafía en tinta china que enumeraba datos, ciudades de origen y destino de los mineros. Pensé que si leía esos antecedentes en voz alta, quizás Armando reaccionaría a alguno de ellos.

Lo único que el muchacho de piernas chuecas nos había dicho era su nombre de pila. Nada más. No sabía si tenía hermanos, hermanas, tías, tíos. Ni siquiera sabíamos si tenía madre. ¿Qué tal si Armando no tuviera nada? Nunca se me ocurrió pensar que fuera huérfano, un pequeño rufián o un fugado. ¿Qué tal si Armando también estuviera escapando de una madre como la mía? Me decidí a interrogarlo, como no lo habíamos querido hacer antes. Imaginé que el tiempo compartido con Ulises lo habría cambiado, haciéndolo más accesible, un poquito más hablantín, tampoco yo pedía demasiado.

Armando, el niño que venía en el convoy desde Iquique. Que ya estaba ahí cuando me descolgué de un tren para subirme al otro, en la estación de intercambio en Baquedano. Él ya estaba ahí. Porque estoy segura de que fui la primera y la única en montarme a carga ese día creyéndome bendecida, pero en realidad sólo por las instrucciones de Victoria, "la gringa Vicho", como le llamaba el conductor. Es posible que Armando no viniera de Iquique y hubiese corrido desde el otro tren, el que venía de las salitreras. Lo más probable es que fuéramos dos pillos con una suerte común, y que él se hiciera el que no hablaba, el aterrorizado, mientras yo me hacía la rebelde. Fugados los dos, así de simple. Luego entendí que hay muchas cosas que se pueden fingir: el amor, el placer, la lágrima; pero el terror es genuino, ese agarrotamiento del mentón, la quijada tensa, eso no se puede fingir. Por eso deseché aquella hilera de ideas que atribuí al calor de *la* Atacama.

Esos monstruos que traía Armando colgándole de los hombros cuando lo conocí: la inmensa tristeza, las piernas queriendo escapar, corriendo inmóviles sin llevarlo a ninguna parte… Armando no era un fugado, ni un rebelde: era una víctima, un sobreviviente y un testigo.

Por eso debíamos devolverlo lo antes posible a donde fuera que hubiera salido. Este niño aterrado necesitaba los brazos tibios de una madre que lo sanara, lo guiara hacia un estado normal, de menos espanto, de palabra. "Pobre Armando", pensé en él y en sus piernas chuecas. En su corazón torcido.

Le leería la lista de nombres escritos a mano en los libracos y alguno de esos apellidos le haría sentido. Desde allí comenzaríamos a desandar sus recorridos. La seña de un pueblo le haría levantar ligeramente las cejas. Las pupilas se le agrandarían en círculos concéntricos leves. Nos daríamos cuenta de ese pequeño detalle en su rostro inexpresivo y allá nos dirigiríamos. De pronto sentí que no sería tan difícil. Bastaría con abordar el Longino y los otros trenes en dirección reversa, hasta ver una luz de alegría en esa carita redonda que se había acostumbrado a la seriedad.

El pitazo anunciando la estación Varillas me despertó de la modorra como quien me abofeteara. Las horas antes de llegar a Varillas eran las peores. *La Atacama* emitía su canto de sirena encallada y era tan fácil dejarse diluir en las imágenes de los bosques del sur; y así, con los ojos abiertos, creer que se paseaba por el estrecho de Chiloé del que tanto hablaba Ataláura, en vez de por un acantilado del infierno. Y pensar que Ataláura amaba el desierto, según decía. Supuse que a mí me gustaba también, pero había crecido acorralada entre gentes que tenían el cuerpo acostumbrado a la neblina y la llovizna suave, de una tierra lejana rodeada de aguas frías. *La Atacama*, con toda su bravura, a mí secretamente me encantaba. Eso ahora lo sé.

Me espabilé, la parada era breve y ya estaba dicho, nadie subía ni bajaba en esa casucha tirada al vacío. Al aproximarnos, apareció el ayudante del conductor, quien me esperó junto a la puerta. Los otros pasajeros se enderezaron curiosos al verme tomar mis libracos, el abrigo de piel y mi bolsa. Avancé por el pasillo y una señora de pelo cano me cogió del brazo. "¿A dónde va, mijita?", me dijo. "Aquí no hay nada", agregó sonriéndome con una boca de encías rosadas y brillantes. "Está bien, aquí me bajo", le contesté.

Un pasajero joven, a lo mejor un minero, gritó que yo era una de las "queridas" que viajan en los trenes. Me reí fuerte, como para responder que sí y dar por terminado el asunto.

Me bajé del carro y al momento vi a Ulises cogiendo la manguera y llevándola desde la copa de agua hasta la locomotora. Decidí entrar a la casucha por detrás, no por la puerta. Temí que Navidad me fuera a ver. Desde el ventanuco de la estación, espié al interior, ahí estaban la misma cama, la mesa, el baúl con libros. Todo parecía normal, pero no veía al niño. Me empiné para observar el suelo y entonces encontré ese par de piernas chuecas asomándose por debajo de la cama. Armando seguía con la costumbre de esconderse bajo del catre y sonreí. Es curioso cómo incluso las cosas que a simple vista parecen anormales, se transforman en características adorables con el tiempo. Al pensar en esto, sacudí la cabeza: lo más probable es que hubiera escuchado a Victoria decir algo similar respecto de mi propia costumbre de esconderme en el clóset.

Le golpeé la ventana al niño para ver qué hacía y ante el ruido, gusaneó para meterse por completo bajo la cama.

El calor no daba tregua, nunca la da en *la* Atacama, en especial a esa hora del día. Así es que pensé que lo mejor sería quedarme bien quieta y esperar hasta que el Longino partiera. Ya podría entrar a la casucha y refrescarme. Me senté encima del abrigo, pero la piel era tan caliente por sí sola y más todavía con el sol dándole directo, que era una mala idea. Lo más prudente era posarme sobre la tierra, con la mano removí la primera capa de piedras hasta encontrar una porción más fría. Ahí me quedé, entonces, a esperar ese silbato que cortaba la voz del desierto en dos, el antes y el después que era la travesía del Longino por aquella tierra abandonada y habitada al mismo tiempo.

Cuando por fin el tren se fue, me levanté con dificultad. Me di la vuelta a la casucha y me encontré con Ulises.

–¡Galleta! No te vi… –me dijo, dándome un abrazo.

–Ya sé, pelado… –le respondí, su narizota intacta y la panza ancha.

–Ven, entra, estás muy roja.

–El calor, Ulises, muy rápido se me olvida cómo es.

Ingresamos a la casucha y Ulises me dio de beber agua. Me la tomé toda y además me mojé el pelo y la cara. En eso se asomó Armando por debajo de la cama. Sentí sus ojitos adoloridos mirándome desde su escondite, pero me hice la que no lo veía, para ver qué hacía.

Empezó a carraspear para llamar mi atención. Yo continué ignorándolo hasta cuando empezó a toser, como quién se muere de asma. Entonces le seguí el juego.

–¿Escuchas algo, Ulises? Como una tos…
–Sí, algo escucho –respondió mi cómplice.
–¿Eres tú, que toses, Ulises? ¿Te enfermaste?
–Sí, me enfermé cuando te fuiste, Galleta…No te vayas…
–Soy yo –dijo entonces Armando, desde su escondite.

Y yo sentí la más inmensa alegría, como si el corazón se me fuera a reventar. Esas eran las primeras palabras que le escuchaba decir desde la invasión de policías en Varillas, el incidente que lo había vuelto a enmudecer.

–¡Armando! No te había visto –le dije, haciéndome la inocente.
–Soy yo –repitió, saliendo de debajo de la cama, acercándose a mí y parándose junto a la silla.
–Ya te veo, ya te veo –le dije, estirando la mano para tocarle la mejilla. Pero se hizo a un lado, me esquivó. No quise insistir– Me alegro mucho de verte, en serio.
–Yo igual –agregó y al decir esto, salió corriendo de vuelta a su refugio.
–¿Volvió a hablar?, ¿cuándo? –le pregunté a Ulises.
–A los días de que te fuiste.

Me levanté de la silla para mirarlo, a ver qué tanto hacía debajo de la cama. Allí tenía una frazada y las piedras de la payaya. También volví a notar las tablas mal cortadas del piso, lo cual me recordó el gesto extraño que Ulises le había hecho a Rafael, el conductor, antes de que yo abordara y cómo, ante ese movimiento de manos, Rafael había cambiado su actitud para colaborar sin reticencias.

–Ulises, ¿qué tienes debajo de la cama? –le pregunté de manera directa, sentándome junto a él.

–Nada que te interese, Galleta. Ahora cuéntame qué te dijo el Navidad….

–Te voy a explicar, pero primero me tienes que responder –repliqué tajante. Ulises algo conocía de mi carácter, tendría que ceder.

–Está bien, te cuento, pero es un secreto… Es un maletín.

–¿Un maletín?

–Sí, de un viajero… Rafael se lo robó.

–¿Y?, ¿qué tiene eso de grave? Yo acostumbro robarme cosas… –dije susurrando, no quería que Armando me escuchara.

–Lo grave fue que Rafael no sabía que el dueño era un palo grueso de las minas.

–¿Uno de los dueños? ¡Claro que la embarró! –dije riéndome.

–No era dueño, pero quería serlo. Era un chileno que tenía plata y compró acciones del cantón de Igitos a su nombre. Al poco tiempo pasó de vuelta a la capital, porque en el norte no le aceptaron la historia de que se le habían perdido…

–¿Y no pudo conseguirse otras?

–¡No! No se puede, son nominales, ¿entiendes? Sólo él las puede cobrar y no le pueden dar copias.

–¿Y por qué todavía las tienes tú?

–Porque algún día las voy a cobrar…

Ulises agregó que la situación ocurrió una noche cualquiera: en una parada habitual del Longino, Rafael se bajó de la locomotora con el maletín. Se veía sudado, más por el susto que por el peso de la valija y en pocas palabras le explicó a Ulises de qué se trataba. "¡Hay plata!", había dicho Rafael antes de montarse en el tren, "guárdala tú, en la próxima estación va a quedar la grande… ¡Vamos a tener que llamar a la policía!". Ulises descerrajó la maletita para encontrarse con las acciones. Días después, el Longino pasó de vuelta y Rafael quería su parte. Ulises le contó lo que había en el interior y el conductor, incrédulo, se abalanzó sobre él. "¡No compadre, te equivocaste, no era plata!", Ulises alcanzó a mostrarle los papeles antes de que le llegara un combo.

Rafael, muy confundido y desilusionado, le pidió que enterrara el maletín en el desierto. No era propio del carácter de Rafael, me dijo Ulises, lo había hecho en un momento de agobio por unas deudas que lo asfixiaban. El "hierba mala" siempre había sido Ulises, como él mismo reconoció y no su amigo; y como tal, no enterró el maletín, sino que lo guardó bajo la cama y extorsionó a Rafael todas las veces que fue necesario, con el asunto del robo.

–¡Buen amigo!
–Yo no tengo amigos, Galleta, sólo asociados…
–¿Y cómo las vas a cobrar, si son nominales?, asociado –le contesté con ironía.
–Falta poco, ya han pasado siete años. Muy pronto, Ulises Navarrete se aparecerá por la oficina del Banco Central y cobrará sus acciones.
–Tremenda coincidencia, que el tipo se llamara igual que tú… –le dije incrédula.
–¿Yo?, yo me llamo Efraín Hierbabuena Pincheira… –entonces se rió–. Mi madre me puso nombre de caballero bueno. Ulises Naverrete es el otro…

La tarde se pasó lenta y un tanto aburrida. La cama no ocultaba calaveras ni oro ni joyas, sólo un montón de papeles que me parecían inútiles y ya pronto quise contarle a Ulises lo que averigüé en Santiago, la decisión fría que habían tomado los responsables de la matanza; la intención de ocultar los hechos. Lo de mi madre, la "gringa Vicho" y sus negocios con la gente del ferrocarril, prefería guardármelo. Pero tuve que esperar porque el niño no tenía ni para cuándo irse a dormir y por supuesto que nada de esto debía ser hablado frente a él. Intentamos susurrar, pero el mocoso tenía una antena que no le dejaba descansar ni bajar la guardia, así es que Ulises y yo esperamos, resignados, hasta que el niño se escondió debajo de la cama, esta vez para dormir.

Horas más tarde, al fulgor de la luna llena, le expliqué lo sucedido. Ulises me escuchó con atención, sin interrumpirme, a lo que yo agregué muchos detalles, algunos reales y otros inventados. Ulises lucía abrumado y aunque no dijo nada claro, a ratos algo balbuceaba. Supongo que quería lanzar un par de insultos, reclamar contra los patrones y contra los ingleses; pero se contenía, pues yo era las dos cosas, dueña y heredera de la gran fortuna de los Eastman, un caudal tan grande por el cual valía la pena matar.

–Son muy desgraciados… –dijo por fin, con pesadumbre.

–Tú tampoco eres de los trigos más limpios, Efraín… –le dije, al recordar los entuertos en los que se había metido.

Propuse comenzar mi lectura en voz alta de los nombres y apellidos que aparecían en los libros, a la mañana siguiente. Planearíamos la búsqueda, miraríamos el mapa del ferrocarril y elegiríamos el cúmulo de salitreras donde partiríamos primero.

–¿Por qué haces esto, Galleta? –dijo Ulises, de pronto.

–¿Por qué hago qué? ¿Qué otra cosa quieres que haga?

–Volver con tu familia. Yo veo qué hago con el niño…

–Ulises… –le repliqué herida.

–Es que no te entiendo, Galleta. Eres una Eastman… ¿Qué diablos estás haciendo acá?, ¿viajando en los trenes?, ¿robando?, ¿limosneando? No entiendo…

–Tú sabes que tengo mis razones, Efraín.

–¿El asunto de tu mamá de nuevo? –me contestó, sardónico.

–No es un "asunto", es real… Entre los dos, tú tienes mucho más que perder, Efraín.

La conversación de pronto se había tornado ácida. En las últimas horas y en especial con la historia del maletín, Ulises había pasado de ser un maestro rural embaucado para trabajar en los trenes, a asesino por accidente y ladrón de poca monta. En ese momento comprendí lo arriesgada que había sido durante tantos meses, bajándome en la estación Varillas a jugar al amor, a pretender que Ulises o Efraín o cómo se llamase, era mi novio.

Con respecto a Armando, el gran temor era toparnos con los policías que iban a reforzar la seguridad en los pueblos del norte y que habían pasado por Varillas hace apenas diez días, pudiese ser que pronto regresaran. Y aunque Ulises insistía en que andaban detrás de los líderes sindicales, yo aseguraba que iban por Armando, pues era un testigo y Navidad había sido tajante: no querían testigos.

Nuestras horas estaban contadas. No sólo las de Armando, sino que las mías también. La "gringa Vicho" ya sabía de mi paradero. De hecho, sabía de mí casi desde el primer día en que me fui. Yo estaba vigilada y la Vicho nada más me daba el tiempo y el espacio que alimentaban sus objetivos.

Navidad me había dicho que se iban, que nos íbamos, los Eastman, de vuelta a Inglaterra. Que faltaba muy poco para tomar el tren con los baúles llenos, a embarcarnos en Valparaíso.

El reloj de Ulises, por lo demás, también se iba quedando sin arena. La revelación que acababa de hacer, el tema de las acciones, me indicaba que él también dejaría Varillas para siempre. El día exacto no lo sabía, pero era algo que ya se veía venir. Si Ulises había estado libre de aprietos durante mi estadía en Varillas, era por la influencia de mi madre en la compañía de ferrocarriles. Así, sin más favores, sin más deberes, parecía que el asueto llegaba a su fin.

"A ver, Armando, escucha", le dije, mientras él desayunaba té caliente y comía con regocijo las migas del pan batido. "Pérez, Azócar, Núñez, Martínez, Herrera, Pérez, Luna, Mendoza, Loaiza, Pérez…" empecé a leer la lista de apellidos del primer libro de registros. Pero Armando parecía más entusiasmado en la bebida y el bollo que en mi lectura.

–No resulta… –le dije a Ulises– Además, ¡¿cuántos Pérez hay en Chile?!
–Sigue, sigue… –respondió él.
"Mercado, Soto, Maluenda, Pérez, Albornoz, Pinto, Farías, López…"

Armando levantó la cabeza ante este último listado de apellidos, ¡creí que habría reconocido alguno!, pero no, sólo quería mostrarme el tacho del té vacío.

"Normando, Díaz, Valle, Henríquez, Pérez, Torres, Faúndez…", continué desilusionada.

Armando luego pidió más pan. Ulises se levantó de la mesa, se fue al fogón y descolgó el saco para extraer una marraqueta nueva. Observé a Armando, parecía contento esa mañana.

"Laferte, Rodríguez, Araya, Acevedo, Quevedo, Pérez…", el niño se puso alerta. "¿Te suena alguno, Armando?", le pregunté. El mocoso negó con la cabeza y sólo dijo "hay muchos Pérez, Galleta…"

Me sentí abatida porque me di cuenta de que la tarea era inútil. Armando no reconocería los apellidos así me llevara leyendo los libracos día y noche.

−No resulta… −concluyó entonces Ulises− Vamos a tener que hacer otra cosa.

Afuera, *la* Atacama había decidido estar silente. No se oía su voz y casi no se percibía el calor que a esa hora ya se anunciaba. El silencio de *la* Atacama me cayó sobre los hombros como un pesado chal de verdades. Supe lo que tenía que hacer, algo que no quería, algo a lo que me resistía. Pero la evidencia de que Armando no nos ayudaría era demasiado gruesa como para ignorarla. No podía seguir poniendo mis propios intereses por sobre los otros, sabía lo que había que hacer. Lo sabía desde el momento en que Ulises o Efraín o cómo se llamase, había compartido sus "secretos" conmigo.

−Está bien. Nos vamos a Antofagasta −dije en voz alta, cortando el silencio de *la* Atacama−. Me lo llevo, a Armando, me lo voy a llevar, nos vamos a hablar con la "gringa Vicho"…

−¿Qué? ¿Estás segura? −replicó Ulises, sorprendido.

−¡Muy segura! Como que soy Wyetta Wilhemina Eastman y soy altiplánica… −le respondí exagerando, porque me daba por ser melodramática.

−Pero cómo te va a ayudar, ¡no, Galleta! Es mala idea…A mí me parece que los dos se van a meter en serios cachos.

−No. Vamos a estar bien. Vas a ver… Victoria está involucrada en la matanza, así como el resto de ingleses, como dijo Navidad. Ella sabrá ubicar a Armando para devolverlo sano y salvo a su casa, con su familia… Si no, la denunciaré.

—¡Denunciarla! –rió Ulises, irónico– Sabes que no se pueden denunciar, sabes cuánta gente lo ha intentado… Terminarás mal. Además, no estás segura de que ella esté involucrada en la matanza, no sabemos si son todos los ingleses o no, estás sacando demasiadas conclusiones. No creo que…

—Una Eastman jamás termina mal, Ulises… –lo interrumpí– Puede que Victoria no esté en lo de la matanza, pero Navidad sí. Navidad es un Eastman, no lo olvides. Y ella… –la "gringa Vicho", pensé– Siento que tengo algo con qué negociar, Ulises.

—No lo sé… yo creo que es mala idea… mala idea…

—Bueno, pues ya tendremos algunos días más para decidir –le respondí, como dándole a entender que habría chance para cambiar de opinión, cuando en realidad, la resolución ya estaba tomada.

Me llevaría a Armando conmigo a enfrentar a la gringa Vicho. Victoria seguía siendo poderosa, detrás de esa apariencia de fantasma que tanto la caracterizaba. La piel blanca y delicada escondía una mujercilla fuerte, de voluntad de hierro. Sabía que podría ayudarme.

AL NORTE

El último trayecto al norte fue el menos excitante. No tuvimos que escabullirnos en el vagón de carga cuando nadie miraba. Más bien, oímos aproximarse al tren sin hacer mucho aspaviento. Pensamos que lo mejor sería irnos en el carro de tercera, porque en caso de urgencia, podría esconder a Armando de manera más fácil.

Nos sentamos en el suelo, en el pasillo, entre medio de todas las familias que atiborraban aquel reducido espacio. Muy pronto nos cayó la noche y Armando se quedó dormido. Al comienzo intenté mantenerme despierta, no había luna y el tren me daba terror en la oscuridad. La tenue luz de las estrellas era insuficiente, pero me venció, *la* Atacama o el Longino, en este momento no estoy segura.

Poco antes de que amaneciera noté que la mujer que antes había conocido, la que viajaba con una jaula de gallinas y que era tan parecida a mí, estaba en el tren. Cuando amaneció, dejó su puesto para ir al inodoro. Dejé a Armando recostado sobre el abrigo de piel y me levanté con cuidado para seguirla. Entró al baño y yo me quedé merodeando afuera; cuando salió, le hablé. Se repitió la misma escena de cuando le ayudé a mover la jaula de los pájaros hacia un rincón del vagón. Habíamos coincidido en un par de viajes antes de encontrarme a Armando y luego de que Meche me hubiese contado que habían gentes como yo en el Altiplano, gentes iguales a mí que vivían en las montañas, todavía más adentrados en el desierto, más allá de las oficinas salitreras, donde se subsistía de los pequeños cultivos, de unos hilos de agua escuálidos que bajaban desde los Andes, de animales peludos y de pezuñas. De allá venía yo, de un lugar en el "Altiplano", había sentenciado Meche en aquella oportunidad. Un lugar que la gringa Vicho se había encargado de ocultarme durante dieciocho años y no le había sido difícil. Mi mundo era el reducido ámbito de la calle con pimientos y con las cinco casonas en hilera, el estrecho barrio de los ingleses, donde recibíamos visitas y hacia donde nos dirigíamos cuando nos tocaba visitar a alguien, un par de puertas más abajo. Las conversaciones de las mujeres abundaban en la niebla que tanto extrañaban y los sándwiches de pepino. Recordaban los grandes almacenes que visitarían en cuanto regresaran a sus cunas de origen. Si por razón alguna oía hablar de Chile, ese país que nos cobijaba, era cuando me escabullía a la cocina para espiar a mi padre en sus cenas de negocios en casa, cuando me escondía en la sala de vajillas junto al gran comedor y escuchaba atenta esos nombres que enumeraban sus socios, "Iquique, Santiago, Valparaíso", ciudades que sonaban tan diferentes en labios de Atalaura. Me gustaba pasar tiempo con Atalaura para aprender de aquel reino llamado Chile, donde había minas de oro y salitre y carbón, riquezas para un rey, joyas para una reina, árboles milenarios y gentes antiguas que hablaban otras lenguas. Eso decía Atalaura, que en Chile no todo el mundo hablaba español, que había los Mapuches al sur, pero les llamaban araucanos y que estaban los pueblos de los Andes, muy cerca de nosotros. Cuando yo quería saber más de estos últimos, ella guardaba silencio, como temiendo cortar la cuerda de lealtad con la que mi madre la ataba al cuello desde aquel día, hacía muchos años ya, en que Atalaura apareció en la puerta de nuestra casa pidiendo trabajo, con Eduardo, su hijo de pocos meses, en un canasto.

La mujer altiplánica salió del baño, me reconoció e intentamos comunicarnos por señas. El ensayo de diálogo fue inútil, no había palabras que pudieran conectarnos, pero estaba claro que yo pertenecía a su clan, como me había dicho Meche y para probarlo, me había mostrado fotografías en el periódico. Aunque no hacía falta que me lo comprobara, creo que lo supe en el mismo y primer momento en que vi a esa mujer, la de la jaula de gallinas, hacía apenas unos viajes atrás.

Frustrada por aquella reunión muda que solo me acrecentó el hambre de conocer la vida que me perdí, regresé al pasillo para sentarme junto a Armando. El niño comenzaba a despertar y se estiraba como un gato, primero los brazos, después las piernas, al final alzando la cabeza y dejándola caer hacia atrás.

–Buenos días, su señoría, ¿cómo dormiste?

–Bien… –dijo, restregándose los ojos.

–¿Tienes hambre?

–Sí… –contestó, la boca le olía a manzanas.

–Vamos…

Lo tomé de la mano y avanzamos por el corredor, brincando a los niños que también dormían en el suelo. Íbamos tratando de agarrarle el ritmo al tren para no caernos. Fue extraño. Me sentí torpe, como si en cuestión de días hubiese perdido mi habilidad de bailar esa canción repetitiva del Longino. Armando parecía divertido, a ratos pegaba unos saltitos para ganarle al tren, saltar él antes de que el tren lo tirara al suelo. Así avanzamos por entre las miradas curiosas de los pasajeros. El tedio era tan grande luego de dos días de viaje, que cualquier movimiento que ocurriese era un deleite para la amalgama de cuerpos que se apretujaba en las bancas.

Abrí la puerta para cruzar al vagón de segunda. Percibimos un ambiente distinto allí, una cierta holgura no sólo de espacio, sino también de bolsillos. Armando me apuntó un rincón vacío. "¿Podemos quedarnos aquí?", me susurró. "No", le dije y nos paseamos ante rostros severos, que en cierto modo desaprobaban nuestra efímera estadía.

Al otro lado estaba el coche comedor. Miramos por la ventana. Me gustó ver a Armando empinándose para poder otear, no me había dado cuenta de que fuera tan petizo, casi como yo. De pronto se me ocurrió que Armando creía que yo también era una niña. Él tenía diez años, ya nos lo había dicho, que los había cumplido en diciembre, eso agregó, que no sólo era el cumpleaños de Jesús sino que también el suyo. Es lo único que nos había dicho de manera espontánea, una mañana en que amaneció menos rígido. Una brillante alborada en que se levantó y se puso a jugar a la payaya, él solo, "para poder ganarte, Galleta", había replicado entre dientes.

De pronto tuve la sensación de que el tiempo se había confabulado con *la* Atacama, para apiñar demasiados eventos en breves semanas. Desde que había encontrado a Armando esa noche en el vagón de carga, la policía había registrado nuestro escondite; yo había ido y vuelto de la capital. Ulises se había deslenguado, confesándome secretos que yo no quería oír; y para colmo, Victoria Eastman, alias la "gringa Vicho", me tenía encargada a los ferroviarios y sabía continuamente de mis paraderos. Me había quedado sin mi tío Navidad y acababa de descubrir que yo pertenecía a un pueblo encerrado en las montañas del Altiplano. Con mi suerte aciaga, me había encontrado con alguien de mi tribu, pero no tenía manera de comunicarme con ella. Y allí estábamos, Armando, el niño que había nacido en diciembre y que a ratos enmudecía; y yo, la fugada, mentirosa, ladrona y millonaria, salivando por los panes batidos que humeaban sobre las mesas, recién calentados en las entrañas del Longino.

−¿Van a pasar? −nos interrumpió una mujer de cabellos castaños y vestido de lino blanco.

−Sí, claro… −le dije, pensando en aprovechar la oportunidad de sentarnos con ella en la mesa y después dejarla colgada con la cuenta− Después de usted.

Entramos al coche comedor, siguiendo los movimientos de la mujer, quien se sentó en la última mesa de la izquierda, donde el sol de *la* Atacama no pegaba tan fuerte. Tuve que tironear a Armando un par de veces, el niño quería sentarse en cualquier puesto vacante y yo sabía que no era seguro. Mejor viajar con alguien que se viera acomodado.

Nos detuvimos junto a la mesa unos segundos, hasta que la joven nos indicó con la mano que tomáramos asiento. Era mejor que Armando se sentara junto a la ventana, pues en caso de urgencia podría esconderlo debajo de la mesa. Lo miré y tenía una sonrisa discreta en el rostro, la mujer lo observaba y le sonreía de vuelta. Nunca lo había visto así, al chiquillo. Parecía fascinado con la jovencita de tez clara, mejillas rosadas y labios carnosos.

–Armando, deja… –le susurré, tratando de evitar algún problema.

–Está bien –respondió la señora–. Su hijo es un niño muy apuesto.

¿Mi hijo? No había manera de que alguien pensara que aquel mocoso rubicundo fuera mío. Pero en fin, le seguí la corriente.

–Gracias, señora, es usted muy amable –le respondí.

–¿Van a Iquique?

–Sí… no… –de pronto me acordé de las instrucciones de Ulises: "ten cuidado de con quién hablas, Galleta".

–¿Sí o no?

–¿A dónde va usted?

–A Iquique…

–Pues nosotros vamos a Antofagasta. ¿Tiene familia allá? –agregué, intentando conocer qué relación habría entre esta mujer elegante y la situación de la matanza.

–Sí, mi esposo.

–¿Y qué hace su esposo?

–Es capitán de policía…

Un frío hilo de sudor me bajó por la espalda. Y Armando, ¡cómo no!, se metió debajo de la mesa al escuchar esas palabras.

–¿Qué pasa? –dijo ella.

–Oh, nada, es sólo que al niño… a mi hijo… a veces le da miedo el tren… ¿Y por qué va usted de viaje para allá? –contesté, mirando debajo de la mesa y agarrando a Armando por el brazo, para subirlo de vuelta a la silla.

–Mi esposo me mandó una carta, que necesita verme urgente, que tuvo una especie de accidente en una plaza y quiere que lo cuide.

–¿Usted vive en Santiago? –le contesté, ahora pensando si ella estaba tratando de hacerme caer a mí o no.

—No, yo vivo en Machalí. ¿Conoce Machalí?

—No, no conozco, pero ¿sabe algo de lo que pasó en la plaza?

—Nada, es curioso. Nadie nos da respuesta. Cuando mi esposo se fue al norte yo tenía un mal pálpito. Quería ir con él, pero me tuve que quedar en la parcela de mi familia, porque estaba encinta, ¿ve? —me mostró una medallita circular de plata que llevaba colgada en la pechera blanca del vestido, sujeta con un lazo rojo, un regalo propio de las madres primerizas. Ya no tenía barriga…

—¿Qué van a hacer ahora, entonces? Digo, si él está accidentado… —volví a tantear yo.

—Nada, lo cuidaré hasta que sane y apenas podamos, nos iremos juntos de vuelta a Machalí. Mis padres nos están esperando, más todavía desde que nació mi bebé, se llama Joaquín… La parcela familiar es grande, creo que ahora mi esposo se olvidará de la idea de ser policía.

—¿Y usted sabe cómo se accidentó su marido?

—No, no sé nada. La carta fue muy escueta. Primero un telegrama que decía "yo estoy bien" y semanas después, una carta que pedía que le buscaran. En realidad, le pidió a mi padre que lo buscara, pero él no pudo venir, usted sabe, asuntos de hacendado. Como pasaba el tiempo me desesperé y me vine yo. Me vine un poco enojada con mi padre, pero él me compró el boleto –agregó pensativa–. Se viaja bien, pensé que era peor…

—¿Primera clase?, es un paraíso… —le respondí para tranquilizarla. Era una mujer muy joven, le calculé unos veintidós años. Pensé que era valiente por montarse al tren e ir en búsqueda de su marido. Finalmente pensé que todos tenemos nuestras motivaciones, para algunos es el matrimonio, para otros, la maternidad. Para mí, no venía a ser otra cosa que mis preguntas sin responder, el sentido de justicia y las piernas chuecas de Armando.

Al rato miré al niño y se había comido por lo menos dos panes batidos.

—Nos disculpa –dije, levantándome de la silla, Armando hizo lo mismo– estamos esperando a alguien, que tenga un buen viaje…

—Muchas gracias –dijo la joven, con un semblante inocente de quien incurre en sus primeras vacaciones sola y se siente ya de lo más grande–. Que tengan un buen viaje ustedes también.

"Muy lerda", pensé, mientras nos alejábamos con Armando, en el momento exacto en que empezaban a llegar más pasajeros. Esposa de un capitán, ella no sabía con lo que se iba a encontrar.

El resto del viaje se hizo corto. Armando se amigó con un par de chiquillos en el vagón de tercera. Los observé mientras jugaban a la payaya, a sugerencia de "mi hijo", como ya lo presentaba al resto de los viajantes. Le vi la carita relajada como pocas veces, las mejillas se suavizaban, redondeándose, el ceño se ampliaba y los ojos parecían más abiertos, no de terror sino de emoción. Miraba las piedras volar por el aire y caer al piso del carro, ante el deleite de los otros dos mocosos y los tres se reían. Nunca había escuchado reír a Armando, emitía un sonido como de palomita enamorada y echaba un grito agudo al final. Luego recomenzaba el ritual, las cinco piedras en la palma, luego al aire y él volteando la mano para poder cogerlas con el dorso. Armando… pensé que para tener tan pocos años, ya había vivido demasiado.

Recordé mis juegos con Eduardo, el hijo de Atalaura, de cómo crecimos compinches, seleccionando los guijarros óptimos para un partido épico de payaya y cuántas aventuras más, para luego ser desplazada por Madeline, mi hermana.

Eduardo y sus ojos de color crepúsculo y Madeline, la inglesa refinada que sabía cómo comportarse en público, y que de pronto se interesaba en mi camarada. Madeline permitió que él fuera su primer beso y su primer abrazo. Hasta que se cansó. Madeline quería quedarse sola, me lo había confesado una tarde en que ambas estábamos exhaustas, después de oír todas las indicaciones de Victoria y sus pláticas sobre cómo volvernos buenas esposas.

El objetivo de Victoria, poco antes de que mi padre muriera, era conseguirle un buen prospecto a Madeline. Conmigo ya había bajado la guardia, aunque no claudicaba con las charlas de motivación.

Al cabo de seis meses después de mi presentación en sociedad, que resultó ser una bonita fiesta en que los jóvenes que me hablaron lo hicieron por obligación, ella supo que sería muy difícil que yo me casara. Tanto Victoria como yo comprendimos, en esa celebración, que aquel puñado de extranjeros que asistió, entre ingleses, un par de italianos y algunos hijos de croatas, sólo lo hicieron para echarle una buena mirada a la próxima candidata, mi hermana Madeline. ¡Y pensar que yo me había ilusionado!

−¿Y si te obligan a casarte? −le pregunté a mi hermana cuando nuestra madre por fin nos dejó tranquilas.

−Me caso…

−Pero, ¿cómo entonces? ¿No dices que quieres quedarte sola? −agregué sin entenderla.

−Sí, me quedaré sola. Casada, con hijos, qué se yo. Pero sola. No quiero entregarle a nadie mi corazón.

−Estás leyendo mucho −le dije en broma, pensando en las novelas de las Brönte que su amiga Elisa le pasaba a escondidas de mi madre.

−Cierto −respondió tajante y con una valentía que me hizo pensar que sí, era por la lectura, pero no precisamente por el aspecto romántico en las novelas.

Con esa misma decisión había despachado a Eduardo, en la biblioteca, donde solían encontrarse cuando mi madre tomaba el té con sus amigas y mi padre estaba en la oficina del ferrocarril. Allí lo citó un par de tardes después de mi presentación en sociedad. Como siempre, yo hacía las veces de vigía. Ni siquiera Atalaura conocía de estos encuentros, porque los hubiese prohibido.

Esa tarde fui testigo de cómo se rompe un corazón. Eduardo entró alegre y se acercó a ella, a buscar el beso y el abrazo que ya pensaba le pertenecían. Pero Madeline retrocedió dos pasos cuando Eduardo avanzaba hacia ella con los brazos extendidos y le dijo "no más". Eso fue todo. Ella se retiró y Eduardo, que primero pareció confuso, resolvió el conflicto quedándose callado, inmóvil, frente a los lomos de esos libracos que lo miraban desde la estantería.

Me acerqué, le hablé, pero no respondió. "Se fue para adentro", pensé, y corrí a buscar a Atalaura. La cocinera vino conmigo, le tomó de la mano y lo hizo caminar hasta la cocina para darle su famosa infusión de hierbas y mate.

Me senté con ellos a la mesa. Le vi el rostro compungido a Eduardo, sentí lástima por él. Le acariciaba el cabello cuando regresó del trance. "Galleta", me dijo sonriente y yo entendí que acababa de recuperar a mi compinche, no porque él me eligiera, sino más bien porque lo habían abandonado. Desde aquel día y hasta que murió mi padre, creo que vivimos un frenesí por recuperar el tiempo que habíamos perdido desde su enamoramiento por Madeline. Dibujamos, corrimos, conversamos, nos besamos. Le dejé que me tocara y él me dejo tocarle. Con él, sentí ese calor en la entrepierna que más adelante le encargué a Ulises que resolviera. Eduardo y yo, juntos nuevamente, pasando las tardes jugando a la payaya ante la mirada indiferente de mi hermana.

Las piedras volvieron a volar por sobre las pequeñas cabezas, Armando volvió a reír y buscó mi mirada. Yo le sonreía de vuelta. "Bien, hijito", le dije.

Ya se veían los cerros altos que más adelante encajonan Antofagasta, la estación de intercambio ya estaría cerca: Baquedano. Mi cuerpo de pronto empezó a temblar con escalofríos que me recorrían los brazos y las piernas. "Es Victoria", me dije, pensando en cómo nos apareceríamos en la puerta de su casa, Armando y yo, y en cómo ella nos recibiría. Lo más probable es que ya supiera que íbamos de regreso.

ANTOFAGASTA

Al atardecer el desierto por fin nos daba tregua y entraba un aire fresco por las rendijas del vagón, pero aun así teníamos el cuerpo sudado, hambre y sed. Tuvimos suerte de que una patrona compartiera algo de pan con queso al poco tiempo de dejar Baquedano, porque yo no quise comprar nada, mi objetivo era que pasáramos inadvertidos en esas breves horas antes de llegar a la ciudad.

Durante la parada en Baquedano y ante la mirada indiferente de Rafael, el conductor, y su ayudante, me llevé a Armando al vagón de carga. Quise echar una última ojeada antes de llegar a nuestro destino. "Hay muchas cosas que arreglar", pensaba, mientras forzaba la cerradura de un baúl de pino insigne para hacerme de un par de vestidos nuevos.

Los cerrojos se volvían cada vez más desafiantes, ya no eran como durante mis primeros viajes, apenas tres meses atrás. Recuerdo los recorridos iniciales, cuando los baúles venían asegurados con correas de cuero. Mi navaja, para esa piel insulsa que sujetaba las maletas, antes era suficiente. El contenido también había cambiado, iban menos bultos ingleses, el pino oregón ahora era insigne.

En esas travesías primigenias, los trajes de lino fresco olían a lavanda y agua de colonia. Fueron los viajes en que me dormía envuelta en abrigos de visón ridículos durante el día, pero que me salvaban de morir congelada por las noches. Mi navaja, las pantorrillas fuertes, la modorra encima del visón. Pero las cosas habían cambiado, demasiado rápido según mi punto de vista y ese atardecer pegajoso me lo recordaba. El baúl de pino insigne no llevaba más que vestidos relamidos de flores coloradas. Lo único rescatable fueron tres camisitas para Armando. Le cambié ahí mismo la ropa, por fin nos deshacíamos de los trapos manchados con sangre seca.

Retomamos marcha muy pronto, de nuevo en el vagón de tercera. Con la garganta adolorida por la sed y las tripas aullando más fuerte que el *traca traca* del Longino, como si la caridad de la patrona y sus panes no hubiera ocupado ningún espacio de ese hambre que ya se nos hacía crónico. Continuamos nuestra marcha hacia Antofagasta con un listado de temas por resolver y yo sabía que lo lograríamos, porque nunca fui de las flojas que se tiran a dormir siestas invernales. No, yo fui de las inquietas, de las que no podía sentarse inmóvil porque un aburrimiento vital me entraba por la punta de los pies y se me alojaba en el pecho. Los estudios me causaban náuseas; las clases de piedad, vómitos; y las lecciones de canto y piano, desmayos. Siempre fui de las inquietas, hablantinas y soñadoras, la gran pesadilla de mi madre. Así es que sabiendo que dentro de mí corría un motor fuera de borda, tenía la certeza de que encontraría una solución para Armando y para mí.

A muy poco tiempo de entrar en la ciudad, cuando ya distinguíamos el océano dorado meciéndose al atardecer y los cerros monumentales cercando la ciudad, los humores del tren despertaron a nuestras narices. Vahos de amores furtivos y manos en la entrepierna ajena. Algo de alcohol y cigarrillo, del módico. Un dejo a caca de bebé.

Recordé mis breves momentos en los vagones de primera, en mis viajes de polizona, cuando ingresaba por la noche para robar mientras la gente dormía. Allí las cosas olían de otra manera. Para empezar, era como si no hubiese sustancia, porque no se percibía el aroma de axilas desbordabas; menos aún la podredumbre de la que son capaces los niños, esa peste traicionera apenas anunciada por un breve eructo o un gas y que llevan dentro mientras que por fuera lucen cuerpecitos perfectos, redondeados y suaves. Tampoco había sangres. Las mujeres de primera parecían inmunes a los asaltos de la luna, como si los ciclos del sol nocturno se agotaran de tanto lidiar con las patronas de tercera, las recién casadas de segunda y la ladrona que viajaba en carga.

Los hombres de mejillas afeitadas y el dedo meñique eternamente alzado por beber el té en las tasas minúsculas de las cinco de la tarde, en el coche comedor, impávidos, el rostro blanquecino, los ojos claros, achicados por el sol bestial de la Atacama.

El té de las cinco. Podía olerlo desde carga y en cuanto lo olía, asaltaba los baúles que parecían más caros, me buscaba las mejores ropas y el más alto zapatón, me bañaba en colonia y partía sin mirar atrás. Abría una puerta pequeñísima que había descubierto en mi segundo viaje, un pasadizo casi invisible hacia el exterior del vagón que me conectaba con el de tercera. Desde allí, avanzaba por los pasillos con la compostura de una Eastman, esa forma de caminar que Victoria había impuesto en nosotras sólo con su ejemplo. Los hombros rectos, pero relajados, el cuello erguido con el mentón altivo, las manos entrelazadas a la altura del ombligo y me dirigía hacia el comedor. Me buscaba un asiento libre, tras verificar que no hubiese algún conocido y me sentaba a beber el té caliente, horrible de amargo y asentía con la cabeza a cuanta palabra sin asunto me dirigieran, porque ésa era la época buena, la temporada en que los extranjeros viajaban en primera clase. Pero poco a poco el tren se empezó a vaciar de forasteros y de aquel aroma a biblioteca antigua. Los idiomas se fueron aunando hasta convertirse en uno solo: el español. Atrás quedaba la era de los ingleses, aquel espejo en el que me reflejaba incluso considerando el odio que sentía por mi madre, porque, debía reconocer, yo me identificaba con sus modales acartonados. Aunque yo fuera toda morena y moteada y circular y bajita. De eso, apenas dos o tres meses.

Al adentrarnos en la Cordillera de la Costa, Armando y yo olimos un aire diferente, húmedo y salado. "Ya estamos cerca", le dije. Su carita pareció alegrarse por breves segundos y luego volvió a la seriedad ya conocida.

Yo estaba curiosa por saber qué pasaba en mi casa, esa gran casona de madera ubicada cerca de la calle principal, altanera con sus dos pisos mirando en menos a toda la población, los balcones soleados y las columnas de madera talladas a mano. Quería saber qué historias nuevas me contaría Madeline. También me preguntaba si Victoria aún conservaba las cenizas de mi padre sobre la chimenea; y si todavía se daba a la ridícula tarea de encender el fogón en el invierno tibio del litoral atacameño.

Lo más importante para mí era si mi madre insistiría en que no había ninguna puerta oculta detrás de los volúmenes de Byron en la biblioteca. Esa puerta miniatura donde, a mí parecer, ella conservaba los papeles que atestiguaban mi origen. Aquellos papeles que le rogué me entregara poco después de que mi padre muriera, cuando me descubrió hurgando la cerradura con un abrecartas. La misma puerta que, después de mi primer viaje y regreso comandado por Navidad, le pedí que abriera, pero ella se negó, motivando mi segunda huida. Durante mi último intento, la puerta había sido eliminada, la pared estaba repintada, lisa y suave; y ante mis gritos, Victoria juró sobre el cadáver de su difunto esposo que esa puerta jamás había existido.

Por fin, luego de una larga travesía por el desierto más agreste del mundo, en un viaje imposible que bien parecía el invento de un Dios afiebrado, llegamos a la estación de trenes. Esperamos a que todos bajaran. Traté de ver si la mujer altiplánica todavía estaba a bordo, pero no, lo más probable es que hubiera hecho traslado hacia otro lugar, en Baquedano.

Cuando fue nuestro momento, cogí el abrigo, me crucé la cartera al pecho y le ofrecí la mano a Armando, quien me la tomó y apretó fuerte.

–Ya llegamos –le dije.

–¿Ya…? –respondió, parecía asustado.

–No te preocupes. Esto no es Iquique, es otra ciudad. Aquí no ha pasado nada, ¿entiendes?

–Sí –respondió aliviado, luego de escucharme en silencio y dejar que la mirada se le perdiese, como solía hacer cuando necesitaba comprender algo.

A primera vista la urbe parecía igual. La avenida principal con su calzada de piedra y sus palmeras que parecían a gusto vegetando a pleno sol; esa breve callecita que devolvía el eco enmaderado de unas cuantas calesas dirigidas por cocheros presumidos que vestían chalecos blancos y sombreritos de mimbre.

A la salida de la estación estaba la muchedumbre de pordioseros tratando de ganarse la vida, ayudando a los pasajeros con sus baúles. Estiraban sus manos hacia nosotros, el par de pedigüeños que acababa de descolgarse del tren.

–Ayúdeme… –nos dijo un hombre de rostro amoratado por los estragos del sol, el cabello como lana y vuelto nudos, el hálito de su cuerpo avinagrado asaltándonos en una de las puertas de la estación. Armando se aterrorizó y ya lo tuve invariablemente bocabajo, en el suelo.

–¡Viste lo que hiciste!, ¡borracho de porquería! –le grité al mendigo.

–¡Ándate a la mierda, yegua! –me gritó de vuelta, acercándose amenazante.

Pero alguien se interpuso entre él y nosotros. Con sorpresa vi que era Atalaura.

–¡Fuera de aquí! ¡Ahora! ¡Guardia! –gritó ella mientras alzaba un bastón en el aire.

El pordiosero se alejó en un difícil trote, llevándose su cuerpo en fermentación. Yo me agaché para levantar a Armando.

–Ya pasó, niño, ya pasó. Arriba…

–¿Éste es el niño? –preguntó Atalaura.

–¡¿Cómo sabes de él?! –inquirí con temor y todavía sorprendida por encontrarme con ella.

–Tu señora madre me lo dijo. Vámonos rápido, les está esperando –añadió, revisando con la vista a nuestro alrededor e indicándonos el camino.

No supe qué hacer ni cómo reaccionar. Atalaura le ofreció la mano a Armando y éste se la cogió como si la conociera de toda la vida. Salimos de la estación y nos montamos en una calesa.

–Vamos –instruyó Atalaura al chofer.

–No entiendo… –atiné a decir, ya montados en el carruaje.

–Nada que entender, Galleta. Tu señora madre está preocupada y sabe que estás de vuelta. También sabe del niño. Y tú, ¿cómo te llamas? –se dirigió a Armando.

–No habla –le dije.

–Armando, señora –respondió el mocoso, con su forma selectiva de hablar que me seguía admirando.

–Armando, tanto gusto –dijo entonces Atalaura, sonriéndole con gentileza, los mismos ojos tiernos y acogedores con los que solía darme los buenos días de niña. Entendí por qué Armando le tuvo confianza desde el momento en que la vio.

–Hoy van a descansar, eso dijo tu señora madre –agregó Atalaura.

Mi nerviosismo pareció acortar las cuadras que separaban la estación de trenes de mi casa. En realidad, no sabía qué decirle a Victoria. Hacía casi un mes que no la veía, desde la última ocasión en que me descubrió buscando la puerta falsa, cuando ella ya la había hecho desaparecer. Mi respuesta a su confrontación fue salir corriendo de nuevo, no sin antes coger algunas de sus joyas y con la firme decisión de irme para siempre. Fue entonces que encontré a Armando.

Ya estábamos frente a la primera y descomunal puerta, con el niño perdido y nuestra cocinera. Esa puerta recia que Victoria había mandado a instalar a pocos días de la muerte de mi padre, por temor a que las "almas en desgracia", como ella gustaba de nombrar a los vagabundos, nos asaltaran. Ése era el primer obstáculo que deberíamos sortear. De seguro vendrían más. Yo no contaba con la cooperación de Victoria, por mucho que Atalaura actuara como si fuera un hecho.

Si la rutina de la casa se había mantenido intacta, aquella sería la hora en que mi madre estaría comiendo sándwiches de pepino y bebiendo *Earl Grey*. Estaría en un rincón del salón de bailes con su mesita para jugar *Whist*, rodeada de sus amigas, tres mujeronas desfiguradas por el maquillaje estilo francés. "Un escándalo", había sentenciado mi madre dos años antes, cuando sus estimadas amigas aparecieron con las mejillas pintarrajeadas de rosa y un lunar muy negro sobre el labio. Pero entre quedarse sola con su cara deslavada y aceptar las excentricidades de las otras, optó por lo segundo. Mal que mal eran buenas amigas, afirmaba ella, la acompañaron los días posteriores a la muerte de mi padre, durante los arreglos de la incineración y un par de semanas después, cuando yo tomé la decisión de irme. De hecho, habían testificado sin haber sido invitadas a la fenomenal pelea con que mi madre y yo nos despedimos. Y todo por la puerta falsa en cuestión.

Catorce días después de que mi padre pereciera en ese accidente ferroviario, en el patio de trenes de la compañía, me empeñé en conocer mis orígenes, ya cansada de las negativas de Victoria de hablarme de mi pasado.

Varias veces había espiado, en la biblioteca, a mi padre y al abogado cuando removían los libros de Byron y accedían a un compartimento oculto detrás de ellos. Sabía que allí habría algo que explicaría mi existencia, esa existencia de altiplánica atrapada en terciopelos y té amargo, porque mi madre, de cuando en cuando, abría aquel compartimento y retiraba un legajo de cuero color café, lo hojeaba unos minutos y volvía a guardarlo.

Varios días tras la muerte de mi padre me escabullí a la biblioteca, aprovechando la reunión de Victoria con sus amigas pintarrajeadas, quienes la consolaban al estilo inglés, hablando del clima y del jardín de cactus que mi madre mantenía.

Con cuidado yo había depositado los tomos en el suelo y el corazón se me subió a la garganta cuando encontré la puerta. Era pequeña, apenas mediría unos treinta centímetros de alto por veinte de ancho y tenía una cerradura con forma de corazón. La empujé pero no se movía; traté de meter los dedos por las ranuras para abrirla, estaba casi sellada; la golpeé suave a ver si cedía, pero no pasó nada. Me desilusioné, mas supuse que la llave estaría en algún escondite de la biblioteca, así es que me lancé a registrar. Luego de revisar más de treinta libros, me impacienté y ese motor fuera de borda que llevo dentro comenzó a dirigir mis acciones. En cosa de segundos, la delicadeza se transformó en desesperación y de pronto estaba tirando los libros al suelo.

Con el estruendo, mi madre y sus amigas vinieron corriendo. Lo mismo Atalaura y Madeline. Cuando Victoria observó aquello, esos libros tan bien amados por ella y mi padre, deshuesados y cubriendo el piso de madera, lanzó un grito y corrió hacia mí arrastrando su ajuar de viuda. Con un manotazo certero en la mejilla me tiró al suelo, ante los ojos asombrados de sus amigas.

Ese golpe en el rostro confirmó lo que yo había sospechado. Yo no era una verdadera Eastman.

Salí corriendo sin mirar atrás, sin oír las súplicas de Madeline, ni la voz cálida de Atalaura, ni los chillidos de espanto de mi madre, ni el silencio estudiado de sus amigas. Sólo salí corriendo de la casa, sin saber a dónde ir. Eduardo me ayudó a saltar la reja y escapé. Di un par de vueltas sin sentido por la plaza de la ciudad, luego me fui a la playa, la recorrí hasta el cansancio; más tarde, y tras rodar por las calles sin destino, llegué a la estación de trenes, me monté en el vagón de carga de ese y luego otro y otro tren. Y como si el convoy no fuera una línea recta de norte a sur sino un círculo, ahí me encontraba de nuevo, de vuelta en esa primera y descomunal puerta que mi madre había mandado a instalar a pocos días de la muerte de mi padre.

René, nuestro viejo jardinero, nos abrió. Me alegré de verlo y le di un abrazo. Me susurró algo al oído que no logré entender, así es que mejor le presenté a Armando. René le revolvió el cabello y Armando le hizo el quite, sin soltar la mano de Atalaura.

Entramos en silencio a la casa y en cierto modo a un escenario en que estaba claro que los Eastman y otros ingleses sabían de la matanza. ¿Qué pasaría con Armando? De pronto quise huir, me di la vuelta, pero el jardinero ya cerraba el portón con llave. Miré a mi alrededor, no estaba Eduardo ni Madeline ni Victoria. Parecía que la casa se hubiese vaciado hace años.

Los muebles del recibidor estaban cubiertos con sábanas blancas y un pequeño baúl todavía abierto mostraba la silueta envuelta en tela de los objetos que antes decoraban ese espacio luminoso y tibio que era la primera sala: el reloj de mesa, los pastorcitos de porcelana, el busto de un escritor muerto.

Los hombros se me tensaron y un tirón punzante recorrió mi espalda desde el centro hasta la nuca. Sí, se iban, los Eastman se iban… Nos íbamos…

—Pasa —dijo Atalaura, observando mi incapacidad de avanzar por la casa que me había visto crecer—. Vete a la biblioteca, Galleta.

—¿A la biblioteca? —respondí sobresaltada.

—Sí, a la biblioteca…

—¿Tienes hambre? —le dijo a Armando, apuntándole la cocina, desde donde nos llegaba el aroma de su afamado caldo de gallina. El niño no dijo nada, pero se fue con ella.

Dejé mi bolsa y el abrigo de piel sobre el baúl abierto y me adentré en las fauces de la casa que en otra época estuvo llena de luz, pero ahora era oscura y húmeda.

La segunda puerta que pensé que debía vencer, la entrada a la biblioteca, en realidad estaba abierta. Toda la resistencia que había ido acumulando durante el viaje de pronto no tenía objetivo. Puertas abiertas. Me asomé y ahí estaba Victoria, de pie mirando por la ventana hacia su jardín de cactus, su orgullo, la única vegetación que había logrado crecer en *la* Atacama.

—Wyetta, niña… —me dijo cuando me sintió llegar.

—Madre —respondí en seco.

—Pasa, asiento por favor —agregó Victoria, indicándome la silla frente al gran escritorio que perteneció a mi padre. Ella se sentó en el sillón de respaldo alto.

Sin previo aviso mi tío Navidad entró a la biblioteca y caminó hacia las ventanas para cerrar las cortinas. Yo me había olvidado por completo de él.

—Victoria —habló muy quedo y se sentó en la silla libre.

La siguiente hora se me hace confusa. Escuché las palabras de ambos, las explicaciones más o menos incoherentes que dieron para justificar lo ocurrido en Iquique. La información que tenían sobre Armando y su posible pueblo de origen.

—¿Cuál es?, ¿de dónde viene? —pregunté exhausta.

–Ernst te ayudará a regresarlo –dijo Victoria– pero te debes comprometer a regresar con la familia a Inglaterra.

Guardé silencio. Ponderé la situación. Sentí una rabia que me creció en los talones y me subió hasta las sienes. Armando era la moneda de cambio para que yo volviese a aquel país nublado y acuoso al cual yo no podía llamar "hogar".

Hice un repaso rápido de lo que habíamos hecho, Ulises y yo, con el fin de retornar a Armando a su casa, con su madre, con su familia y de cómo habíamos fallado en la pesquisa. Armando era una piedrecita más del vasto desierto, podría pertenecer a cualquiera de las cientos de oficinas salitreras que estaban en funcionamiento, sin contar con la posibilidad de que su familia se hubiera cambiado ya, como era costumbre, trashumando de uno a otro pueblo en búsqueda de mejores condiciones, sin el dato preciso de que todas las minas eran la misma cosa.

–Bueno, "Gringa Vicho" –le respondí con resentimiento y queriendo herirla con el apelativo. Pero Victoria no acusó recibo.

–Si lo que quieres son respuestas, Wyetta, yo te las daré.

–¿De veras? –pregunté, secándome esos ojos rebeldes que de pronto decidieron lagrimear– ¿Me dirás quién es mi verdadera madre?

–Te diré de dónde ha salido ese mocoso, Olivares. Ernst te ayudará a regresarlo.

–¿Olivares? ¿Armando Olivares? –dije pasmada. De pronto el niño tenía apellido– ¡No!, ¡eso no! –repliqué– ¿¡Que quién es mi madre, quién es *mi* verdadera madre!? Yo no soy tu hija, Gringa Vicho, ¿no ves? Soy gorda, soy baja, soy morena, tengo el pelo oscuro y liso, no soy tu hija, ¡cuándo lo vas a reconocer!

Victoria se levantó de su silla como si yo no le hubiese gritado, insultado ni alzado la mano. Navidad seguía estático en su asiento, la vista al suelo.

La gringa Vicho avanzó por el centro de la biblioteca, hacia la chimenea, donde las cenizas de mi padre todavía descasaban en la urna de oro sobre la repisa. Sentí tristeza, los ojos rebeldes no paraban de lagrimear. Mi padre había muerto y mi madre no era *mi* madre.

Victoria se detuvo frente a la urna. La rozó con los dedos. Yo esperaba junto a su escritorio una respuesta. Otra vez esperaba una respuesta.

–Saldrán mañana mismo. Ernst te acompañará. Cuando vuelvan, terminaremos los preparativos y volveremos a Bristol –al decir esto, Victoria cogió la urna entre ambas manos y salió por la puerta.

Miré a Navidad, quien permanecía en silencio.

–¿Cuándo me va a decir quién es mi verdadera madre? –le pregunté sollozando.

–No hay nada que decir, Wyetta. Ahora vete a descansar. Mañana temprano nos iremos a Feliz Patria –agregó Navidad.

LA CASA VACÍA

Subí las escaleras para encaminarme a mi antiguo cuarto, aquel donde no dormía hacía bastante tiempo. Sentía el cuerpo pesado y un cansancio que me apretaba el estómago. "Debe ser hambre", pensé, pero no quise bajar a la cocina. Armando estaba con Atalaura y supe que con ella el niño estaría fuera de peligro. Entonces sonó la campanilla de la puerta. Me agaché en el peldaño final casi por instinto.

Atalaura vino a atender y vi a Armando espiando, igual que yo, desde la cocina. Me levanté para que él me viera; cuando lo hizo, le soplé que se metiera debajo de la mesa. Él corrió, siguiendo mis indicaciones.

—Buenas tardes, señora, ¿está la doña? —oí una voz ronca preguntar por mi madre.

—Buenas tardes... —escuché la voz titubeante de Atalaura.

—Sí está, sabemos que está. ¡Déjenos pasar! —dijo otro, enojado.

Vi a Atalaura hacer el gesto con el brazo de mostrar el interior de nuestra casa. Eran dos hombres, aparentemente de la ley. ¡¿Qué hacían allí!? Por supuesto que tenía que ser la gringa Vicho que nos delataba. ¡Cómo pude confiar en ella! Corrí para irme a la parte trasera de la casa y poder bajar por las escaleras de servicio, directo a la cocina. Tenía poco tiempo, pero alcancé a llegar cuando oí a Victoria saludar con exagerada amabilidad a los hombres.

¡Necesitábamos escapar de allí! Ella nos iba a entregar, a ambos. Miré por la ventana y afuera de la casa había una calesa, "de la policía" pensé. No había otra ruta de escape, así es que lo único que se me ocurrió fue meter a Armando en el cuarto de lavado, esconderlo debajo de las sábanas y los manteles sucios. Para ello, me apresuré a sacarlo de debajo de la mesa.

–Quédate bien callado y bien quieto, niño –le dije. Armando había vuelto a perder la voz y lloriqueaba asustado –. No te va a pasar nada, tranquilo –agregué nerviosa.

Dispuesta a enfrentar las consecuencias de mis actos, porque viajar como polizón era penado con máximo rigor, pero sabiendo que al ser una Eastman me tratarían con deferencia, me encaminé hacia el salón con dirección a la biblioteca, donde de seguro Victoria celebraría ese encuentro. Yo no permitiría que se llevaran al niño.

Mi madre y los hombres acabaron de entrar y cerraron la puerta tras de sí. No vi a Atalaura ni a Navidad, así es que pegué la oreja a la puerta.

–Victoria, me dijeron que están de vuelta en la ciudad. Necesitamos arreglar este problema –era un hombre hablando en inglés.

–Sí, Spencer, es mi hija que está de vuelta, pero en estos momentos está descansando. ¿Podrías esperar hasta mañana? –respondió Victoria.

–Discúlpeme, señora Eastman. No se va a poder. Usted sabe, una cosa es dejarla viajar gratis y echarle un ojo, por si las moscas; pero ya los vieron llegar… Ya no la podemos proteger más –dijo el otro, en español.

–Victoria, sabes que las cosas han cambiado, ¡lo sabes muy bien! –replicó el inglés.

Hubo un silencio largo y pegué todavía más la oreja.

–Aquí está mi hija, ¿ves Spencer? –dijo Victoria al abrir la puerta de improviso. Me descubrieron, pero Victoria parecía saber de mi presencia. Me asusté y retrocedí algunos pasos. Me preparaba para correr a la cocina y llevarme a Armando cuando ella añadió– Pero vino sola. ¿No es verdad, Wyetta?

–Es cierto, madre –respondí turbada.

–Victoria, si lo estás ocultando… –respondió el tal Spencer– Tú sabes de lo que somos capaces.

–Sé de lo que eres capaz. ¡Claro que lo sé! Volvió mi hija, sí, pero ella sola. ¡Hasta luego! –dijo entonces Victoria, finalizando la conversación e indicándoles la puerta.

Atalaura reapareció, traía las mejillas rojas y estaba un poco sudada. No sé de dónde venía, pero con una calma exagerada condujo a los hombres a la salida. Victoria les siguió y yo a ella.

–No abuses de nuestra paciencia, Victoria –afirmó Spencer desde la puerta, la mirada severa–. Ahora que tu marido no está, no tenemos obligación de protegerte.

Atalaura salió de la casa detrás de ambos hasta el portón descomunal, donde pasó el doble cerrojo y dio vueltas tres veces a la llave de seguridad. Afuera estaba el jardinero cuidando los cactus y el único árbol. La oí regañarle por abrirles el portón a los hombres.

–Necesitas devolver al niño mañana mismo. Y después tenemos que irnos –me dijo Victoria, la vista clavada en el portón.

Oímos los cascos del caballo alejarse con lentitud de nuestra casa. El silencio de pronto cedió ante el bullicio habitual: los niños jugando fuera, los ropavejeros pidiendo por limosnas, el oleaje del mar estrellándose contra las rocas a dos cuadras de ahí.

–¿Estamos bien? –preguntó Victoria a Atalaura, en perfecto español y no con monosílabos o señas.

–Estamos bien –respondió ésta.

–Acomoda al niño en tu cuarto, Atalaura, no quiero que escape –determinó Victoria, antes de ingresar a la casa.

–¿Qué hiciste con el niño? –le pregunté a Atalaura, notando una cierta complicidad entre mi madre y ella– ¿Y tú sabías que ella hablaba español?

–Lo escondí en la alacena, Galleta. En la lavandería era muy fácil que lo encontraran. Ahora vete a descansar. Y sí, sí sabía.

–Otra mentira más –respondí frustrada–. Todavía no he visto a Eduardo ni a Madeline. ¿Dónde están?

–¿Dónde están? –Atalaura soltó una risa nerviosa– A Eduardo lo mandé de vuelta a mi pueblo, al sur. No se le quería pasar el enamoramiento de la Madeline. Encima que tú te fuiste… Además, con lo que pasó en Iquique, mejor que se fuera para el sur, porque andaba pensando en irse a la minas.

–¿Y Madeline?

–Tu señora madre la mandó de vuelta y retobada para Inglaterra después de que te arrancaste. Se iba la amiga esa, la que se pintarrajeaba la cara…

–¿Edith? –pregunté sorprendida, porque me pareció haberla visto en uno de mis viajes y me escondí para que no me sorprendiera.

–Ésa, ésa. Ya se fue y ahí mandaron a la Madeline y después tu señora madre se empeñó en traerte de vuelta. Lleva un tiempo buscándote desde la última vez que viniste, cuando te robaste las joyas. ¡Por Dios, Galleta!, ¿¡qué miéchicas estás haciendo?!

–Me hubiera gustado ver a Madeline –repliqué pensativa. Hace rato que había dejado de oír los reproches de Atalaura.

–Te dejó una nota. La tiene tu mamá. A ver si te la entrega.

Una nota. Necesitaba recuperar ese trozo de papel que mi hermana había dejado para mí. Me fui a la biblioteca para preguntarle a mi madre, segura de que encontraría resistencia. Entré sin avisar y la encontré sentada en el sillón de mi padre, al escritorio. Tenía sobre la mesa el legajo de cuero, el mismo que ella antes hojeaba y luego escondía en la puerta detrás de los volúmenes de Byron. Esa puerta que muy pronto había sido clausurada.

–¡Esos son los papeles de mi *verdadero* nacimiento!, ¡¿cierto?! –le grité, haciéndola saltar del sillón.

–No… –replicó con abatimiento y llevándose la mano a la frente, la vista baja.

–¿Qué son, entonces? –insistí.

–Nada por lo que debas preocuparte ahora –respondió, cogiendo la carpeta de cuero y metiéndola en un cajón del escritorio que cerró con llave. La llave la tenía colgada del cuello– ¿Qué quieres, Wyetta? Te dije que te fueras a descansar. Mañana partirán temprano.

−¿¡Qué pasó con Madeline?! −repliqué con ira, un sentimiento ya conocido por mí, por las tantas negativas de mi madre de mostrarme cuál era mi *verdadero* origen.

−La mandé a Bristol, Wyetta. Poco después de tu última escapada, temí que también se rebelara y viniera con ideas extrañas. Fue para mejor. No tenemos nada más que hacer aquí.

−Seguro que se cansó de ti también −le respondí, tratando de infligir el mayor daño con mis palabras.

−Lo más seguro, Wyetta… −dijo con tristeza y como novedad, mi madre mostraba un sentimiento, puesto que jamás lloró la muerte de mi padre.

−¿Es cierto que dejó una nota para mí? −pregunté con un tono más suave, sintiendo algo parecido a la compasión por Victoria.

−Sí, te dejó una nota. Te la iba a entregar cuando regresaras, después de retornar al niño, pero en fin, aquí la tienes −agregó, abriendo el pequeño cofre de madera que mi padre mantenía sobre el escritorio para guardar la correspondencia importante.

Leí el anverso del sobre. "Querida Wyetta" decía. La caligrafía redondeada de mi hermana me conmovió.

−Vete a descansar, hija, por favor. Mañana saldrán muy temprano −añadió Victoria, los ojos vidriosos.

−Está bien −atiné a decir, con un sentimiento nuevo para mí, el deseo de no querer provocarle más sufrimiento a mi madre.

Me retiré de la biblioteca y me fui a la cocina. Armando y Atalaura no estaban. Crucé la lavandería hasta la habitación de Atalaura. Golpeé la puerta y ella me abrió. Armando estaba sentado en la cama, con la carita animada, como si el olor a canela y azúcar flor de Atalaura le trajera buenos recuerdos.

−¿Va a dormir contigo?

−Sí, tengo que echarle un ojo.

−Buenas noches, Armando.

—Buenas noches, Galleta —me respondió, en un sonsonete normal y llamativo, por ser una voz cálida, muy opuesta a la expresión plana con la que se había comunicado hasta el momento.

Armando intuía que pronto estaría de vuelta con su madre, en su pueblo, en su casa, con su gente. Eso creí y deseé sentir lo mismo. Que en vez de repulsión por estar allí, sintiera goce. En vez del desprecio por mi madre y sus mentiras, alegría. A cambio de vergüenza por ser una Eastman, sintiera orgullo. Pero esas soluciones fáciles se les dan solo a los niños como Armando, me dije, no a ratonas como yo. Sin embargo, a los pocos segundos de terminar mi habitual letanía de venenos, me di cuenta de que la oleada de rabia a la que tanto estaba acostumbrada de pronto no era tan fuerte. Al parecer la partida de mi hermana y los ojos celestes, llorosos de Victoria, me habían ablandado.

Cerré la puerta, tratando de conservar la mirada entusiasta de Armando. Su travesía estaba próxima a terminar. Vendría su época de sanación, hasta que pronto no recordaría ese primer viaje en tren, cuando me lo encontré, manchada de sangre su ropa y el pantalón oliendo a pis. Armando volvería a la infancia como quien se despierta de un horrible sueño. Al día siguiente y sin saber con exactitud cuántos trenes ni a cuántas horas de allí, Armando recuperaría su identidad y su familia y comencé a entender que jamás sería el turno de recuperar lo mío.

Subí al segundo piso por la escalera de servicio. Recordé a mi padre insistiendo en que no la usáramos, porque era para eso, "el servicio". La voz de mi padre pidiéndonos que tiráramos del cordel y que Atalaura, al escuchar el tintineo, iría al panel y vería cuál era la campanita que cantaba, requiriendo su presencia. Recordé esa infancia repleta de juegos crueles contra una Atalaura más joven y vigorosa. Madeline y yo tirando de los cordeles del segundo piso, haciendo a Atalaura subir con premura al dormitorio de mis padres, al mío, al de Madeline, para después hacerla bajar a la carrera a la biblioteca y de ahí, de vuelta a la cocina. Cuántas veces Atalaura alegró nuestras tardes muertas de día domingo, antes de que yo empezase a escaparme con Eduardo para jugar con los niños "de afuera". Tan rápido el trote ágil de Atalaura se había transformado en una suerte de arrastre de las piernas y del cuerpo. Atalaura ya no caía en nuestras trampas, por más que tiráramos del cordón. Pero nunca nos acusó con Victoria. Jamás. Por último nos cansamos del jueguito y nos encontramos otros. Madeline empezó a enamorar a Eduardo y yo empecé a indagar sobre mi pasado.

La casa se iba quedando vacía. Hasta mi llegada, con Armando, la habitaban dos mujeronas que tenían la misma edad. Ambas solas, sin hijos. Hijos que se habían echado a andar por el mundo sin la divina intervención de ellas.

Avancé por el pasillo del segundo piso y enfrenté la puerta de Madeline. Entré, estaba vacía. La cama con dinteles había desaparecido, el estante con sus libros favoritos ya no estaba. Abrí el armario y ya no vi los vuelos blancos de sus vestidos. Lo único que quedaba de mi hermana era su carta. Una gran tristeza cruzaba aquella habitación que solía tener vida. Como yo había decidido de antemano, no regresaría con Victoria a Inglaterra y no despedirme de mi hermana era una de mis grandes pérdidas.

No obstante, estaba decidida a usar la influencia de Victoria para devolver a Armando a su pueblo, ya que tras la visita de aquellos hombres amenazantes, comprobé que no nos delataría. Al regreso vería la manera de montarme en el Longino e irme a la capital. En el camino me despediría de Ulises y en Santiago me haría de una vida con Meche, ella tenía contactos. Su gran idea de que yo me dedicara a animar los malones contando mi historia familiar era un último recurso. Algo aprendería a hacer. Meche me había enseñado a picar cebollas para las empanadas, no podía ser algo tan difícil aquello de ganarse la vida.

La puerta de junto era la mía. Tres meses hacía que no ingresaba a lo que fue mi propio reino de unicornios y duendes. Abrí con cuidado, como temiendo encontrarme con aquella niña morenita y rechoncha que todavía era feliz, aquella que no había tomado conciencia de no parecerse a los Eastman. Esa niña que solía reírse de cualquier payasada, comerse la masa cruda de los pasteles, insistir en aprender a bailar, para no leer o tocar el piano. Esa niña de pronto abría la puerta transformada en una revoltosa de dieciocho años, cuyo único y gran acto de rebeldía había sido montarse en un tren.

La reliquia de esa infancia inocente era la cama, que aún estaba preparada y esperándome. Lo demás, mis libros, muñecas, el set para tomar el té miniatura que Navidad me había regalado, en esa única Navidad que celebramos, aquella en la que no le permitieron darnos obsequios pero que al día siguiente le rogué me lo entregara, estaba junto a lo demás, empacado en cajas de madera todavía abiertas. En algún momento de esos tres meses, mi reino de unicornios y duendes se había transformado en cuatro baúles de ropa y cinco cajones de juguetes y libros.

Cansada, me senté en la cama. Atalaura había dejado mi camisola sobre la almohada, doblada en cuatro. Me la iba a poner, pero decidí que no, porque después de tres meses de ires y venires, ya me había desacostumbrado a dormir con camisón y aquel no era el momento de recordar viejos rituales. Me acosté vestida y me cubrí con la frazada. Antofagasta era una cálida y adormecida ciudad. Cerré los ojos y me concentré hasta que pude oír el rumor, el golpe acuático sobre las rocas, las piedrecillas rodando arrastradas por la corriente, los sonidos propios de la conversación nocturna que ocurría entre *la* Atacama y el océano Pacífico.

Al día siguiente partiríamos a Feliz Patria, el pueblo de origen de Armando Olivares. Me despediría de esa carita trabada por el terror. Si tenía suerte, vería sonreír al niño, antes de perderlo para siempre.

FELIZ PATRIA

La mañana llegó muy rápido, más rápido de lo que yo hubiera deseado. Ese día partiríamos a Feliz Patria, un pueblo en el desierto, pero no sabía exactamente dónde quedaba. Navidad tenía un plan y al parecer yo no era más que un accesorio, porque la única instrucción que me habían dado era la de descansar.

La luz de la luna veló mi sueño. No creí que hubiera podido dormir sin el lamparón que solía acompañarme en el viaje de norte a sur.

Esa mañana, una mañana fresca y brumosa, desperté sobresaltada. El amplio dormitorio olía a yodo. Recordé el ojo de mar, esa extensión del Pacífico que recorría túneles de roca subterráneos para surgir en el patio de la casona Simmons y aparecer de la noche a la mañana como una piscina infestada de zancudos. Cuando el ojo de mar se llenaba, el aroma del yodo envolvía la ciudad.

Pensé en Armando y en cómo habría pasado la noche, ¿qué pensaría de ese olor ácido? Me lo imaginé debajo de la cama, a la usanza del mocoso. Bajé por la escalera de servicio para ir derecho a la habitación de Atalaura. Supongo que no quería ver a Victoria.

Los encontré desayunando en la cocina. Armando tenía la misma carita vivaracha de la noche anterior. Comía un gran jarro de cocho con leche y azúcar. Atalaura, además, le había freído huevos. Comía con dicha, con los ojos bailarines que apenas un par de veces antes había podido atisbarle. Me sonrió al verme aparecer.

–¡Galleta! –dijo entusiasmado.

–¡Buenos días, su señoría! –le respondí.

Se vivía en esa cocina un ambiente festivo que hacía meses no disfrutábamos. Mucho tiempo atrás habían quedado los almuerzos domingueros con las empanadas de Atalaura y su afamado caldo de gallina, el tiempo en que Madeline y yo todavía éramos niñas. Más adelante, con la muerte de mi padre, la poca chispa que todavía conservábamos de épocas joviales había terminado por extinguirse.

Esa mañana partiríamos con Navidad a devolver a Armando a un pueblo perdido en el desierto. Él se reencontraría con su familia, por fin. Y entonces sería mi turno de separarme de la mía.

De pronto sentí el mentado nudo en la garganta al que todos aluden cuando hay amargura. El buche me dio un brinco y me senté a comer con ellos, supuse que era hambre. Atalaura, atenta, también me sirvió huevos y leche fresca. Las tostadas humeaban en la panera. Recordé los panes gordos que servían en el Longino y pensé en las mezquindades de los ingleses y sus planes flacos y cuadrados.

Traté de revivir el ardor en la boca del estómago que Victoria me provocaba y que había sentido hasta el día anterior. Pero con gran sorpresa, no apareció.

Decidí comerme las tostadas y olvidarme de ese extraño bálsamo que recorría mi cuerpo desde que Victoria había lagrimeado frente a mí, reflexionando sobre Madeline, mi padre y mi huida. Era un bálsamo extraño, una especie de líquido que me aquietaba los pensamientos y me calmaba la furia. Llevaba años cultivando ese odio contra Victoria y sentirlo diluirse ante el recuerdo de sus ojos llorosos era algo extraño e insólito para mí. Decidí enfocar toda mi energía en tenerle rabia y mientras me comía el huevo y las tostadas, fui listando en la mente todas las veces en que le hice preguntas sobre mi pasado y ella se negó a contestar.

"¿Por qué no me parezco a ti?", "¿por qué me cuesta hablar el inglés y también el español?", "¿por qué soy tan bajita?", "¿por qué la abuela Fiona no me escribe a mí, sólo a Madeline?". Tantas y tantas preguntas, todas sin respuesta. Victoria era experta en evitar el conflicto. Esas eran las veces en que yo me tiraba al suelo, pataleando y berreando, aguantaba la respiración hasta más no poder y trataba de vomitar a la fuerza. Aquellas eran las ocasiones en que Victoria se limitaba a retirarse de la habitación llamando a Atalaura. "Atalaura, la niña…", era lo último que decía, las telas de sus vestidos alejándose con el paso cansado pero decidido que la caracterizaba, arrastrando el terciopelo azul por la madera de la casa. Así aprendí el juego de la payaya con Atalaura y el efecto mágico de las piedritas volando por el aire para caer en el dorso de la mano. El mismo truco que le enseñé a Armando para distraerlo de sus propios dolores.

–¿Quieres jugar a la payaya, Armando? –le dije al niño, tratando de convencerme de que era él quien necesitaba ayuda en ese momento, cuando en realidad era yo.

–No –me dijo con firmeza–. Quiero prepararme.

–¿Para qué? –le pregunté intrigada.

–Para irme. Hoy día me voy –sonrió ancho, mostrando los dientes, los colmillos inferiores un poco torcidos y las paletas delanteras más grandes que el resto.

–¡Tienes dientes de conejo! –le dije para molestarlo.

¡Y tú pareces jirafa! –me contestó riéndose.

El niño tenía razón. Si no fuera por mi nombre inglés, Wyetta, ese nombre que nadie podía pronunciar excepto mi familia; y por el consecuente sobrenombre de "Galleta" que Atalaura me había dado primero y muchos otros habían acuñado después, lo más probable es que me llamaran "Jirafa". Tenía en mi rostro y bajando por el cuello hasta el brazo izquierdo, manchas oscuras, más oscuras que el resto de mi piel. Estaba moteada y si no fuera por lo regordeta y corta de estatura, "Jirafa" hubiese sido una buena alternativa.

–¡Chiquillo insolente! –le dije con voz juguetona, levantándome de la silla para ir a hacerle cosquillas. Aquel fue mi error, Armando se puso rígido y en cuanto pudo, se escondió bajo la mesa.

–¿¡Qué le hiciste!? –me dijo Atalaura, con el ceño fruncido y tono de recriminación.

–Nada, este niño es así…. Es así… –recordé con angustia e imaginé lo que Armando debió haber visto en la plaza Santos Patronos– Dale un rato, ya va a salir, va a salir solo.

Atalaura me siguió con la mirada, los ojos entrecerrados, como tratando de castigarme. Me volví a sentar, empujé al niño con el pie a ver si salía de debajo de la mesa. Atalaura no me quitaba la vista de encima y así mismo abrió uno de los gabinetes y retiró una bandeja, tanteando. Ya luego se concentró en prepararle el desayuno a Victoria. Sacó una tacita blanca de porcelana, una de las que estaban decoradas con flores rosadas, la limpió con el delantal y la puso sobre la bandeja. Con cuidado retiró las rebanadas de pan del tostador y las depositó en la panera de mimbre que ella decía haber traído consigo desde el sur del país. Acomodó de junto la mermelada de naranja, la tetera que emanaba humo desde el pico y la cucharita del té. Se limpió las manos en el delantal, aunque ya estaban limpias y cogió la bandeja por las asas.

–¿Y el azúcar? –le pregunté.

–Ya se acabó…

–¿Y todavía no usa el azúcar molida?

–Si no es en cubitos no es nada… –respondió Atalaura, mientras se encaminaba hacia la escalera de servicio, sujetando la bandeja con sus manos gruesas.

Cuando ya salió de la cocina, me agaché para espiar a Armando. Se había vuelto un ovillo, la cabeza como hundida en el pecho, los brazos sujetando las rodillas, los hombros levantados. Su cuerpo era una extraña mezcla de curvas y ángulos.

–Niño… niño, discúlpame. No te quería asustar, estaba jugando.

–La gente buena no juega así.

–Tienes razón. La gente buena no juega así. Me equivoqué, discúlpame.

Entonces levantó la cabeza y me miró directo a los ojos.

–No lo hagas más, Galleta –y salió de su escondite para sentarse a la mesa a terminarse el desayuno.

Pronto vendría Navidad a buscarnos, más valía que nos apurásemos. Yo me acabé la comida y pensé que debía volver a la habitación para prepararme también.

–¿Terminaste? –le pregunté, con la obvia respuesta del plato y el jarro vacíos frente a mí.

–Sí. Voy al baño –respondió Armando y se levantó para irse a meter a la habitación de Atalaura. Lo vi alejarse con esa caminada singular que tenía, una mezcla de niño envalentonado y vulnerable al mismo tiempo; y sus piernas chuecas.

En eso escuché la campanilla de la puerta. De seguro era Navidad. Me apresuré para correr a mi habitación, coger mi bolsa y reunirme con ellos. Me fui por la escalera de servicio y a mitad de camino me topé con Atalaura.

–Tu mamá te está esperando. Anda a hablar con ella, Galleta.

–No hace falta –respondí en seco.

–¿De qué te sirve tanta rabia? –agregó ella.

–¿Y tú qué sabes lo que me sirve? –le respondí irritada. ¿Cómo podía ser que Atalaura se aliara con Victoria? Siempre pensé que estaba de mi lado y que incluso me comprendía.

–Nada más te digo que vayas. Ella no bajará. Hace algunas semanas se siente débil por las mañanas.

–Ayer la vi de lo más normal –dije sarcástica.

–¡Ay!, niña, ¿qué diantres aprendiste en los trenes? –replicó, esquivándome para seguir escalera abajo.

Decidida a aferrarme a esa germinación de odio que sentía en ese momento, subí las escaleras. "¡Está de vuelta!", pensé, sujetándome al resentimiento para no volverlo a perder. "Claro que la voy a ver… Algo le tengo que decir antes de irme", me dije, y corrí al segundo piso mientras oía la campanilla de la puerta volver a repicar y Atalaura moviéndose abajo para depositar la bandeja en la cocina e ir a atender.

Avancé por el pasillo hasta la habitación de Victoria, el cuello rígido, el estómago hecho piedra. Le golpeé la puerta con brío y casi no esperé a que ella me invitara a entrar.

−¡Así es que estás enferma! −dije sin mirarla− ¡Enferma de tanta mentira debes estar! −continué, orgullosa de mí misma. Había reencontrado la fuente de acrimonia que por poco se me cierra.

−No estoy enferma, no es nada −respondió ella, la voz dulce y cálida. Faltaba la energía que la caracterizaba, la fuerza con la que me dejaba tirada en el piso, pataleando, haciendo arcadas, demandando una respuesta.

Estaba sentada en el borde de la cama, la camisola de algodón blanco muy gruesa para esa mañana de sol que se colaba por la ventana, dibujándole un perfil de color dorado. La noté envejecida, como si tres meses para ella hubieran sido tres décadas. El cabello que antes se ataba en una trenza poderosa, ahora lucía deslavado y sin brillo. La espalda curvada, los pies un poco arqueados hacia adentro y más blancos de lo habitual. Las manos un tanto huesudas. ¿Qué había sido de la Victoria con la que solía pelearme? "Se siente débil por las mañanas", había dicho Atalaura, y tenía razón. Una oleada de compasión me ocupó el pecho. Los ojos se me humedecieron y quise correr a sus brazos, dejarme acariciar y arrullar con canciones de cuna. ¡Cómo era posible! Yo no era capaz de sentir compasión.

−Wyetta, hija, ten mucho cuidado. Lleva al niño de regreso pero luego debes volver aquí. Pronto nos iremos.

−Claro. Eso haré −le respondí, pensando que lo mejor sería seguirle el amén y después de terminado el viaje, desaparecer.

−En cuanto regreses, abordaremos el Longino −concluyó y movió la mirada hacia la ventana, un tanto perdida, un tanto desolada.

Cerré la puerta para deshacerme de esos sentimientos de novelita rosa que de pronto Victoria despertaba en mí. No eran útiles en ese momento ni lo serían en un par de días, cuando la travesía a Feliz Patria culminara.

En el primer piso escuché la voz de Navidad, así es que me apresuré a entrar a mi habitación para recoger la bolsa, ponerme los zapatos e irme al desierto. Una cosa era viajar en el Longino y atravesar los dominios de *la* Atacama de manera provisoria. Otra muy diferente era adentrarse en sus fauces.

Cuando volví al primer piso, Armando ya estaba bien agarradito de la mano de Navidad, se había mojado el cabello y se lo había tratado de peinar hacia la izquierda. En la corona de la cabeza, todavía se le paraban los pelos en ese remolino loco que tenía. También le había echado agua a los zapatos, que se veían lustrosos y sin polvo.

–¿Lista? –me preguntó Navidad sin más preámbulo.

–Sí, vamos.

Navidad abrió la puerta y salió junto a Armando. Atalaura estaba allí, viéndonos partir. Ya se había despedido de Armando y se secaba una lágrima con el delantal.

–Ya estás llorando, Atalaura –le recriminé.

–Es que después de esto, se acaba todo –dijo ella.

–Cuida a la vieja –le pedí.

–¿A tu señora madre?, ¡niña!, ¡no se dice vieja! –replicó enojada.

–Bueno, pues que la cuides, a mi madre, sí, parece que está enferma.

–Sí lo está. No te preocupes, yo la cuido. Mucho juicio en el viaje, ¿me prometes?

Entonces salí, Atalaura se quedó mirándonos desde la puerta de la casa. El jardinero cerró el portón con llave y nosotros nos subimos a la calesa que Navidad había arrendado a la policía.

–¿En serio? –le dije, imaginando el peligro que ello implicaba.

–Cuando pagas el precio correcto, no te hacen preguntas, Wyetta, ya deberías saberlo.

–¿Pero y los hombres que vinieron ayer?, ¿a amenazarnos?

–No eran policías, Wyetta, eran de la compañía, de las minas.

Me quedé en silencio, ponderando la nueva información que Navidad compartía conmigo. Si esos hombres eran de la compañía, antiguos socios de mi padre, dueños poderosos, Victoria había asumido un gran riesgo al ocultar a Armando y uno todavía mayor al organizar esta odisea hacia el interior de *la* Atacama.

Si bien me aferraba al odio que por años cultivé, de pronto surgía en mí un sentimiento nuevo por la mujer que decía ser mi madre: respeto.

RETORNOS

El recorrido era breve entre la casa y la estación. Nos sentamos los tres juntos, con Armando al centro. El niño observaba desde la nueva altura que ganamos al viajar en calesa y se veía que lo disfrutaba. Lo noté juguetón y entusiasmado. En un momento empezó a tratar de repetir el sonido de los cascos sobre el empedrado, "Cloc Cloc Cloc" hacía con la lengua y el paladar. Así era como la vida de Armando volvería a la normalidad, a través del mismo medio que se la había desbaratado semanas atrás: un viaje en tren.

Pensé en pedirle más información a Navidad, ya que era un viaje largo y mi tío sería mi cautivo; pero yo tampoco tendría para dónde escapar si las respuestas me enfurecían, no saldría corriendo como lo hice de su mansión en Santiago, echando insultos ni robándome nada, sino que sería también la cautiva del convoy que nos llevaría a Feliz Patria.

Llegamos a la estación muy temprano. Navidad detuvo la calesa en la puerta y nos pidió que esperásemos allí. Se fue caminando con premura, pero sin correr, hasta que lo vi entrar a la oficina del jefe de la estación. A los pocos minutos volvió a salir y vino hacia nosotros, Armando continuaba haciendo su sonido de caballos con la lengua y trataba en vano de agarrar las riendas.

—Ya estamos listos. Vamos —nos dijo cuando volvió, extendiendo la mano para ayudarme a bajar. Luego tomó a Armando por debajo de las axilas y lo puso en el suelo.

—¿Dónde vamos? —le pregunté.

—Esperaremos en la estación. Es más seguro —respondió, manteniéndose atento a nuestro alrededor.

Los tres caminamos hacia la estación y al entrar, nos recibió un hombre de cabello cano y bigote pajizo, que masticaba una bola de tabaco, eso asumí, porque al saludarnos expelió un aroma putrefacto desde su boca y luego escupió un líquido negro en una bacinica de bronce que estaba en el piso.

—Buenos días, señorita… Joven… —dijo inclinando la cabeza, con unos modales caballerescos que no se correspondían para nada con su aspecto de forajido adicto al tabaco.

—Buenos días —le respondí.

—Buenas —dijo Armando con timidez, mirando al suelo.

—Don Eastman, tenemos que esperar aquí hasta cuando el tren esté listo. Ya lo van a traer. Lo enganchan a la máquina y listo, se suben. Súbanse en el primer coche. Ahí irán tranquilos, pero váyanse callados, sin bulla, ¿me entiende?

—Sí, Benavente. *Entiende…* —respondió Navidad.

—¿De veras le comprendes? —le pregunté entonces yo a él, en inglés, para estar segura.

—¿Esperamos aquí y luego nos vamos al primer carro? —me repitió Navidad, en inglés.

—Sí, eso mismo. ¿Pero cómo le entiendes?, no sabía que hablabas español.

—No *habla*, pero *entiende* bien —dijo Navidad, en español con marcado acento.

Armando se había ido a mirar por la ventana hacia el patio de trenes. Tenía los hombros redondeados y respiraba lento, hecho que llamó mi atención porque hasta hace un par de días resollaba temblando, como un fuelle que se inflaba y desinflaba con dificultad. Ahora, en cambio, el aire le entraba suave y lo relajaba, limándole esos vértices que ya le conocía en las pocas semanas que llevábamos juntos.

Me senté en la banca que había junto a la ventana. Así también lo hizo

Navidad, cuando de repente un muchacho que tendría la misma edad que yo entró corriendo, exaltado, a la oficina del jefe de estación, cerrando la puerta tras de sí.

—¡Jefe!, ¡jefe!..., ¡vienen!..., ¡ahí vienen!...

El hombre canoso se levantó aprisa de su escritorio y se fue a la puerta. Abrió con cuidado para mirar afuera y la cerró en un movimiento rápido. Entonces se volteó a mirarnos. Navidad y yo nos pusimos de pie y Armando se metió debajo de la banca.

—¡¿Quién viene, quién viene?! —pregunté alterada.

—Los dueños —dijo el joven—. Vienen derecho para acá —añadió, mirando al viejo.

—¡Tío, algo pasa! —le dije entonces a Navidad, asustada.

—¡¿Qué *hacer*?! —le dijo él al canoso, mirando alrededor. La oficina era minúscula, no había donde ocultarse.

—¿Qué vamos a hacer? —repetí yo, la voz temblorosa.

—Señorita, señor, ustedes tranquilos. Quédense aquí, nada de ruido. Nada de ruido. Tranquilos… —volvió a decir con la misma inusual gallardía. Entonces tomó al jovencito por el brazo y ambos salieron de la oficina, cerrándola con llave. En los siguientes minutos se escucharon los pasos acelerados de personas al otro lado de la puerta.

—¡Benavente!, ¿qué te dijimos?, que apenas lo vieras aparecer, nos avisaras, ¡no te dijimos! —escuché la voz gruesa del tal Spencer hablando en perfecto español.

—Patrón, claro que me dijo. Pero aquí nadie ha venido.

—Los vieron llegar, Benavente, no te hagas el que no sabes —agregó otra voz, que también reconocí del día anterior.

—Sabes que puedes perder tu trabajo… y algo más… —añadió Spencer.

—Mire, patrón, aquí nadie ha venido. Es muy temprano, a esta hora no hay trenes todavía. Vea el patio, véalo, está vacío. Van a mandar las locomotoras y los coches más tarde, todavía no…

Yo seguía con la oreja pegada a la puerta, para escuchar lo que ocurría afuera. Navidad me miraba casi sin pestañear, pero conteniendo cualquier muestra de desconcierto. Supuse que mi tío estaba yendo en contra de los suyos, después de haber sido parte de la matanza de Santos Patronos e incluso justificarla, pero allí estábamos, atrapados. Si Spencer insistía en entrar a la oficina, estaríamos perdidos.

–¡Abre, Benavente!, ¡están aquí! –el otro gritó y escuchamos golpes de puño contra la puerta.

–¡Patrón!, ¡patrón! –se oyó alguien llamar de lejos. Era la voz del muchacho joven que apenas unos minutos atrás nos había advertido de la presencia de Spencer.

–¿Qué pasa, Marcos? –inquirió Benavente.

–¡Allá los vieron!, por el terminal a Bolivia, ¡allá!

–¿Estás seguro? –preguntó Spencer.

–Sí, son ellos, pero en el ferrocarril a Bolivia, no aquí –gritó el muchacho, la voz alterada por la carrera que parecía acababa de dar.

–Está bien, vámonos para allá, rápido. Rodríguez, avisa a tus hombres. ¡Al terminal, ahora! –instruyó Spencer.

Segundos después escuchamos la llave contra el cerrojo. Yo corrí a esconderme detrás del escritorio, mientras Navidad seguía de pie. Entonces entró el canoso de vuelta a la oficina, venía solo y cerró la puerta tras de sí. El muchacho se había ido con Spencer y Rodríguez, su secuaz. Tras la calma, aproveché de sacar al niño de debajo de la banca.

–Mire, don Eastman. ¿Ya vio? Lo andan buscando. En cuanto vean que ustedes no están en el ferrocarril a Bolivia, van a regresar. Mejor que se vayan a la locomotora ahora mismo.

–Bien, Benavente. *¿Dónde locomotora?*, vamos –dijo Navidad, en su rudimentario español.

El jefe de estación se asomó afuera, vio que no había nadie y salimos hacia la parte trasera. Cruzamos la reja que prohibía el acceso y avanzamos por los rieles, hasta el patio de locomotoras. Ahí estaba, la máquina 9867.

–Ésta es. Hasta Baquedano. Ahí harán el trasbordo –dijo Benavente.

–Gracias, Benavente –respondió Navidad, sacando una bolsa de tela negra de su chaleco.

–Gracias a usted, don Eastman –replicó Benavente, cogiendo la bolsa que hacía sonidos metálicos, por lo que deduje que eran monedas–. Cuídense, no se dejen ver. Mi gente sabe que van en viaje –se dio media vuelta y regresó por donde habíamos venido.

Nos subimos a la locomotora y nos quedamos esperando ahí. El recorrido se iniciaría pronto. Antes había pensado que podría interrogar a mi tío Navidad, sin embargo, me di cuenta de que no sabía por dónde empezar. De pronto me parecía que los hombres no estaban exactamente interesados en Armando. Sí, lo buscaban. O eso me parecía a mí desde aquella intervención en la estación Varillas, cuando yo acababa de encontrármelo y nos ocultábamos con Ulises. Lo mismo pensé de aquella visita agria que le hicieron a mi madre, estos hombres que ahora se habían aparecido por la estación. ¿Y qué tal si no era sólo a Armando a quién estaban buscando?

Mi tío Navidad se sentó sobre algo que parecía un baúl de latón y hacía anotaciones en una pequeña libreta empastada en cuero rojizo.

–Tío… –le dije con timidez– ¿Te están buscando a ti, verdad? –formulé al fin, pero con retraimiento, porque tentaba una teoría descabellada.

–Sí, Wyetta –me respondió con desánimo.

–¿Por qué? –consulté asombrada.

–Porque denuncié la matanza, por eso.

–Creí que estabas de acuerdo. Eso dijiste, allá en Santiago.

–Eso dije… –respondió pensativo– Jamás quise ponerles en peligro… a Victoria, a ti. No medí las consecuencias de mis actos. Ahora lo menos que puedo hacer es sacarles del país lo antes posible.

–¿Y por qué ayudar al niño? ¿Por qué no irnos nada más?

–Feliz Patria es la última cabeza de cantón de la que somos dueños. Voy a cerrar unos negocios. Y si tenemos suerte, el niño es de allá.

–¡¿Qué?! ¡Pero me dijiste!, ¡¿no estás seguro?! –le reclamé levantando la voz.

–Es un dato que me dieron, una familia Olivares anda buscando a un niño. Además, tenía que mantenerte cerca de alguna manera. Sé que quieres escaparte y conmigo no vas a poder. Sacaré a la familia completa del país –y con aquella declaración concluyó el pleito, girándose sobre el baúl y dándome la espalda.

–¿Qué pasa? –consultó Armando. Nos había escuchado.

–Nada, nada. Nos vamos a buscar a tu familia. No pasa nada. Juguemos mejor –contesté, sacando las piedrecitas de la payaya de mi cartera.

La Atacama nos jugó una de sus pasadas. Incluso tan cerca del mar, de pronto fue casi imposible escuchar el oleaje furioso del Pacífico. Tampoco escuchábamos el corear de las gaviotas. "Ya nos echó un embrujo", pensé, y entoné la única canción que pude recordar en ese momento: "*Sweet little angel*", para romper el encantamiento del desierto.

–¡Basta, Wyetta! –me recriminó mi tío Navidad.

–¡Es el silencio de *la* Atacama!, hay que romperlo.

–¡Qué guardes silencio!, ¿no escuchaste lo que dijo Benavente? –agregó Navidad, parándose de su asiento y asomándose con precaución por la ventana de la locomotora.

–A propósito –dije–, ¿qué negocios tienes tú con Benavente?

–Lo que haga falta para sacarles de aquí. Y ya, ¡basta de preguntas!

–No es justo –repliqué.

–Claro que no lo es… ¿Pensaste que William trabajó toda su vida para que ustedes tuvieran que escapar como forajidas? –sentí pesar al oír el nombre de mi padre, hacía apenas unos meses la situación en mi casa era soportable, pero cuando murió, los conflictos se desbordaron.

–No sé para qué trabajó toda su vida –respondí yo, enojada–, no lo sé. En casa sólo se habla de los cactus, el que da flores y el que no. Se habla del clima. Pero nunca, jamás se habla la verdad…

–¿Qué verdad quieres saber, Wyetta?, ¿qué no eres una Eastman?, ¿crees que no sé lo que andas diciendo? Todo el mundo lo sabe. ¿Crees que andas en los trenes escondida? Todos los saben. Las amigas de tu madre, los ferroviarios, la gente de la empresa, todos saben… ¿Qué verdad quieres saber? Ya es tiempo de que actúes como la mujer que crees que eres.

La respuesta de Navidad me dejó petrificada. Nadie me había hablado así. Y tal vez, pensé en ese momento, por esa misma razón había crecido como un árbol atacameño, chato y torcido, acostumbrada a hacer mi voluntad, evitando asumir las consecuencias.

–Sólo quiero saber quién es mi verdadera mamá –respondí, el mentón me temblaba.

–Victoria es tu verdadera madre. No necesitas saber nada más.

–No es cierto. No nos parecemos, no me parezco –dije dolida.

–Eso es lo más triste, Wyetta. El que no te parezcas, para los Eastman, nunca ha importado.

Pasamos las siguientes horas en un incómodo e autoimpuesto silencio. Armando dejó de jugar a la payaya en cuanto escuchó mi conversación con Navidad. Parecía que, aunque no entendiera las palabras, entendía mi dolor. Se levantó de su rincón y vino a sentarse al lado mío con las piernas cruzadas y los codos sobre las rodillas, sujetándose el rostro con ambas manos. Tan solo se quedó allí, aguardando; al rato se metió la mano en el bolsillo y sacó las piedritas.

–Toma –me dijo, mostrándome la palma para que yo las cogiera.

–Gracias, Armando Olivares –le respondí, tomándolas para meterlas en mi morral.

–Tú las necesitas. Yo ya no –y al decir esto, se levantó para irse a husmear en el instrumental de la locomotora.

Las piedras ovaladas, grises, con vetas azules, serían el único recuerdo que tendría de aquel niño de piernas chuecas, aquel mocoso que yo juraba estar protegiendo, pero que en ese momento, pareció que él me cuidaba a mí.

Muy pronto volvió Benavente para decirnos que llevarían la locomotora al andén, los carros ya habían sido instalados, que no nos preocupáramos por Spencer ya que Marcos y otros colegas le seguían dando pistas falsas sobre el paradero de Navidad. Que vendría un conductor a maniobrar la máquina para engancharla y que pronto estaríamos de camino a Baquedano. Que era un equipo de confianza, que no temiéramos, pero tendríamos que hacer los recorridos en las locomotoras, no en los carros.

Navidad y yo no volvimos a conversar. Las intenciones, las interrogaciones, las razones de sus negocios con Benavente, parecía que ya no importaban. "Victoria es tu verdadera madre". Las palabras de Navidad me herían, pero para mi extrañeza, también me confortaban. Muy pronto partiríamos a Feliz Patria y el niño sería reunido con su familia. Yo, al parecer, ya estaba con la mía.

—Armando, ven, niño. Siéntate aquí —le dije al mocoso, que se asomaba por la ventana para mirar cómo enganchaban la locomotora con el resto de los carros.

Navidad había cambiado de lugar para acomodarse en un rincón oscuro, detrás de unas herramientas. De pronto teníamos mucho calor y sudábamos. El conductor de la máquina se llamaba David y sólo nos dirigió la palabra para advertirnos de la caldera y el hogar, que no nos asomáramos cuando ellos fueran a agregar carbón a la máquina. "Se va a poner muy caliente cuando crucemos los cerros y ya no nos llegue el viento del mar", nos advirtió.

Minutos más tarde temblamos ante el choque de la locomotora contra algo. Armando y yo nos asustamos, pero Navidad dijo que eso era normal, que acababan de enganchar los carros. Me alivió que mi tío me volviera a hablar.

Cuando oímos el gentío en la estación, Armando y yo nos apresuramos a sentarnos en el rincón contrario a Navidad y esperamos, con algo de nerviosismo, a que abordaran los viajantes y partiéramos de allí. Armando me cogió la mano, estaba traspirando. "¿Tienes calor?", le pregunté. "No, tengo miedo", contestó. "Cierra los ojos mejor, hasta que partamos", le animé, pasándole el brazo por sobre los hombros.

En esa espera, en que Navidad y yo no nos comunicamos, le di la razón a Ulises. Nunca habían estado buscando a Armando. ¿Para qué querrían a un niño que pudo o no haber presenciado la matanza de Santos Patronos? Era cierto que los policías se detuvieron en Varillas en búsqueda de otros dirigentes mineros. Y era cierto que Spencer y su acompañante habían visitado nuestra casa a la siga de Navidad. Ambos por distintas razones; ninguna de ellas era Armando.

Supe que el mocoso estaría a salvo y que podría reunirlo con su familia sin inconvenientes. El que en realidad estaba en aprietos era Navidad; y siendo un Eastman, en cierta medida también lo estábamos mi madre y yo.

Cuando el ajetreo de pasajeros terminó y por fin iniciamos la marcha. Me cambié de puesto para acercarme a mi tío. Quise hablar con él.

–Dime, tío, ¿por qué denunciaste?

–Por negocios, Wyetta, no te creas que hay otra razón.

–Sí sé, pero cuáles, quiero saber…Cuéntame, por favor.

–Escucha bien, Wyetta, denunciaba Spencer o denunciaba yo. Cada cual maneja prácticamente un tercio de estos cantones. Yo le gané la mano. Y con eso me aseguré de que nuestras acciones y propiedades se vendieran a mejor precio, porque me aseguré de informar que los mineros eran de los cantones de Spencer y sus colegas. Nadie quiere invertir en esos yacimientos ahora. Sabes que la era del salitre está llegando a su fin, Wyetta…

–¿Y Feliz Patria?

–Allá me veré con Cummings, el tercer socio, nuestro comprador. Él organizó este viaje y pagó a Benavente, el jefe de la estación. No quiere que lo ubiquen hasta que el negocio esté cerrado. Lo vamos a cerrar allá. Tras la firma, Spencer ya no tiene más qué hacer, tendrá que venderle a Cummings a un precio muy bajo. Y nosotros estaremos libres de irnos a Inglaterra. Spencer será problema de Cummings, no nuestro.

–¿Y qué pasa con Armando? –pregunté temerosa, previendo que me dijera que Armando podía irse al diablo.

–Victoria le encargó a Atalaura que hiciera preguntas. Sabes que Atalaura no sale nunca de casa, ¡pero sabe lo que ocurre en todas partes!

–Sí –respondí riéndome. Atalaura siempre era la primera en conocer lo que sucedía en Antofagasta y en las minas de alrededor.

–Pues Atalaura obtuvo el dato: que una familia Olivares perdió a un niño hace como tres o cuatro semanas, más o menos el tiempo en que tú lo encontraste, por la fecha de Santos Patronos, que se llama Armando.

–¡Es él! –dije entusiasmada.

–Sí, Wyetta, creo que es él…

LA TÍA

Al contrario de lo que había anticipado, el viaje fue bastante agradable, creo que por la certeza recién ganada de que Armando no era el objetivo de ningún grupo policíaco, menos aún de los dueños de yacimientos. Pero Navidad no era inocente y todas sus acciones apuntaban a que nos fuéramos del país con las bolsas llenas. Con el profundo amor que sentía por él, aún podía reconocer esas patas de langosta con que saltaba de un país a otro, buscando fortuna.

Mi tío y mi padre habían establecido sus primeros negocios en Perú, al llegar de Inglaterra. Pero al cabo de unos años Navidad, el hermano mayor, había dejado sus posesiones para venirse a Chile y explotar la tierra prometida del salitre; ayudado por la familia de mi madre, los Forrester, quienes habían desembarcado en Perú, provenientes también de Inglaterra, una década antes, cuando mi madre apenas tenía doce años.

Más adelante mis padres se le habían unido en Chile, según lo poco que ellos contaban de la época en que vivieron el Lima, en una casona "mil veces mejor" que el sortilegio de polillas de Antofagasta.

Había sido en Lima donde se celebraron las nupcias de William H. Eastman y Victoria S. Forrester, según atestiguaba el daguerrotipo de la pareja, en la recámara de mis padres. Victoria parecía melancólica en ese retrato, luciendo un largo velo que le cubría los tobillos.

Me pregunté si esa jovencísima Victoria se habría imaginado dejando Chile transformada en viuda, apenas sujetando a su familia con una cuerda trenzada más por la culpa que por el amor.

El viaje a Feliz Patria era la última artimaña de Navidad, quien ahora decidía que nos regresáramos a Inglaterra, como en alguna ocasión había determinado que Chile sería lo mejor para todos.

Cuando llegamos al primer transbordo, en Baquedano, un pueblito compuesto por casas desperdigadas sin ton ni son, dejadas a morir de calor en *la* Atacama, nadie prestaba mucha atención y nos cambiamos de una locomotora a otra sin percances. Vi el Longino esa tarde, repleto a más no poder. A los grupos de familias bajándose de unos convoyes para correr a este otro, larguísimo e imponente. Desde nuestro puesto, en la locomotora que nos llevaría a Feliz Patria, me fijé en un grupo de cuatro niñas que avanzaban con bultos, comandadas por la voz fuerte pero amorosa de una madre de cabellos largos, sujetos en una cola. Subieron al tren como una cuadrilla de hormiguitas y de pronto la mayor se asomó por una de las ventanas del vagón de tercera y le gritó a la madre, que traía un bebé en brazos, que había encontrado dos asientos vacíos. "¡Acuéstate, negrita!", instruyó la mamá y la niña desapareció apenas recibida la instrucción. El Longino ya piteaba y la señora todavía no podía subir al tren, intentando de manera infructuosa abrirse paso entre la muchedumbre. Las otras hijas le gritaban que se apurara, asustadas, en el descanso del carro. Yo también me alarmé y me bajé corriendo para ir en su ayuda.

—Venga, señora. Deme la mano —le dije.

—No puedo… la niña… —me respondió atemorizada, mirando al bebé.

—Está bien, yo la ayudo, pero deme la mano.

Por fin acomodó a la niña de tal forma que me fue posible cogerla por la mano libre y tirarla hacia adelante, empujando, insultando y escupiendo, hasta que logramos subirnos. La ayudé a avanzar por el pasillo atestado, hasta el lugar donde la mayor estaba estirada sobre el asiento, sujetándose fuerte mientras que los otros viajantes la gritaban para que se levantara.

—¡Ya quítense, so montón! —les aullé.

—Negrita, ya, ya llegué —dijo la señora, a lo que la niña se levantó aliviada. Estaba llorando.

Se sentaron ambas en el pequeño espacio que la pequeña había logrado reservar para su familia de seis personas y yo emprendí la retirada antes de que el tren agarrara más velocidad.

—¡Gracias, señorita! —oí a la mujer gritar por sobre los reclamos de los pasajeros a quienes pisé y empujé con tal de llegar a la puerta.

A la salida, en el descanso entre un vagón y otro, estaban las otras tres niñas, subidas en lo alto de las maletas y baúles que no cupieron en carga. Habían construido una especie de fuerte con los bultos para poder viajar allí.

—¡Gracias! —gritaron al unísono.

—¡De nada! —les respondí, antes de lanzarme tren abajo.

Me fui corriendo por algunos segundos junto al tren y me di la vuelta, para irme trotando al mío. Al montarme de vuelta en la locomotora que nos llevaría a Feliz Patria, encontré a Armando con ánimo celebratorio.

—¡Qué bien, Galleta! —me dijo alegre.

—Fue una locura, Wyetta —dijo mi tío, con tono de reprimenda— no lo vuelvas a hacer, no abuses de nuestra suerte —agregó.

Me sentí mal. Mi tío tenía razón: había puesto a Armando en peligro.

—Pero eres buena en esto, Wyetta —añadió Navidad, luego de una pausa, sonriéndome— Ahora entiendo cómo pudiste sobrevivir en los trenes durante tantos meses.

Llegó nuestro momento de partir. En el cielo todavía flotaban las volutas de humo del Longino cuando nuestra locomotora se internó en *la* Atacama, hacia los pueblos del Cantón de Igitos, siendo Feliz Patria uno de ellos. Nos esperaba un viaje largo y cansador, aún más asfixiante que el tramo entre Antofagasta y Baquedano. El conductor tenía razón: en cuanto dejamos atrás la vista azul del Pacífico, se puso tan caluroso que me costaba respirar. Navidad se abanicaba el rostro con esa libreta minúscula de cuero rojizo. Armando, sin embargo, parecía inmune a las altas temperaturas. Se ponía de pie, se asomaba por la ventana, saltaba un rato, como si se tratara de un día fresco y nublado. "Es pampino", pensé, recordando los relatos de Atalaura sobre los niños de las salitreras, capaces de jugar el día entero a pleno sol, corriendo por las polvorientas calles sin sombra ni árboles, pidiendo agua de beber en cualquier lugar. "Como verdaderas lagartijas", concluía Atalaura.

Armando no sabía, porque yo no le había contado nunca, que aquella sería mi primera expedición al interior de *la* Atacama. No era lo mismo avanzar de forma paralela en el Longino, hacia el sur del país, que incursionar al este. Los relatos de Atalaura y las conversaciones entrecortadas que oía de los pasajeros en el Longino habían sido la única fuente de información que yo poseía, sobre la vida en los poblados salitreros. "Oficinas", les llamaban. Y de niña, cuando mi padre mencionaba las oficinas en sus cenas de negocios, yo pensaba que estos pueblos eran bibliotecas como la de mi casa, cómodas y aireadas, con estantes repletos de libros, la chimenea al centro, un escritorio de madera maciza y la silla de respaldo alto. Pero no, las oficinas eran un hervidero de personas quebrándose el lomo con tal de ganar un par de fichas, para poder devolverlas a la compañía a cambio de provisiones. Eso decía Atalaura y yo lo había comprobado a la vista de las gentes que abordaban el Longino. Gentes pobres, hambrientas, pero con una persistente fuerza interior.

Aquel era el lugar de procedencia de Armando, de seguro había nacido en *la* Atacama y era un retoño de esa vastedad.

Llegamos a Feliz Patria al atardecer. El conductor nos avisó que la oficina estaba cerca y me levanté de mi puesto para mirar por la ventana. De pronto el viento se había vuelto frío y un sol enorme y naranja se guardaba en la lejanía. No había nubes, ni una sola, así es que el sol teñía el cielo con sus últimos rayos. El azul se iba tornando rosado, luego púrpura, hasta apagarse descubriendo un centenar de estrellas.

Armando estaba de pie junto al conductor. Lo habían subido a un pequeño barril de aceite vacío y se empinaba para poder mirar mejor. Me pregunté si reconocería algo de lo que veíamos, aquellas lucecitas débiles en el horizonte disparejo.

—¡Ahí es, Galleta! —me dijo contento, al voltearse y verme detrás de él.

—¿Es tu pueblo? —le pregunté.

—¡Sí, ése es!

No supe cómo él podría identificarlo, separarlo de los caseríos donde nos detuvimos en el camino, seis o siete paradas breves donde subía y bajaba gente. Lo vi atento, escrudiñando cada uno de ellos; pero con Feliz Patria recién reaccionaba y con alegría.

El conductor nos dijo que estarían esperándonos en la estación, que no temiéramos, había un plan de antemano. El tren lanzó su pitazo cuando paramos en una caseta bastante parecida a la de Varillas. Había un puñado de personas esperando allí. Pocos pasajeros descendieron, ninguno se subió. No supe si ésta era la última parada o el tren continuaría hacia otros poblados.

Navidad se levantó del baúl metálico donde se había vuelto a acomodar una vez que bajó la temperatura en *la* Atacama.

—¡Vamos!, ya estamos aquí —nos dijo a Armando y a mí.

—Correcto. Buena suerte —agregó el conductor, antes de que nos bajáramos.

Navidad descendió primero, desde abajo me ofreció la mano para que me sujetara de él; por último, cogió a Armando por la cintura y lo puso en el suelo. Al niño le dio cosquillas y se rio, relajado. Se notaba alegre. Por supuesto, estábamos muy cerca de su familia. Caminamos con velocidad hacia la carreta que esperaba a unos metros de la estación. Al acercarnos, el chofer nos saludó con una inclinación de cabeza y nos pidió que abordáramos.

—El don Cummings les está esperando —dijo.

—Muchas gracias —respondió Navidad.

En la entrada había un guardia de seguridad. El conductor le dijo que llevaba a los invitados especiales de Cummings y nos dejaron pasar. Me sentí aliviada, ya había pensado que recomenzaría la cuestión de esconder a Armando, pero no era el caso.

—Cummings es dueño de estos territorios. No te preocupes, Wyetta, estamos bien —explicó mi tío al notarme nerviosa.

Avanzamos por la avenida principal. Armando ya asomaba toda su cabecita por la ventana para mirar el pueblo. Al cabo de unos minutos, se entró y me miró con cara de preocupación.

–¡No es aquí, Galleta! –me dijo con los ojos llorosos.

–Sí, aquí es. Es que está oscuro, no ves bien –le dije, tratando de calmarlo.

–¡No es aquí! –insistió. Yo miré a Navidad, preocupada.

–Niño, aquí, familia, aquí –mi tío se dirigió al niño.

–¡No!, no es aquí…–respondió Armando, bajando el tono de voz como queriendo concluir la conversación.

El chofer nos explicó que nos llevaría a la casa donde Cummings se alojaba cuando visitaba el poblado. "La casa de huéspedes", le llamó. Pasamos por la plaza central, que tenía un quiosco celeste para que las bandas tocaran música. Y sí había árboles, pocos, pero los había. Al frente un edificio enorme que decía Pulpería. Al costado izquierdo, otro que decía Baños; más allá, el Club Social. Las calles estaban demarcadas por unos mojones pintados de blanco. Llegamos pronto al pie de una cuesta, subimos y en la cumbre, el hospital. Al fondo, casas grandes, separadas unas de las otras, nada parecido a las filas de casitas, todas unidas por paredes comunes, que habíamos visto en el recorrido entre la estación y ese punto del pueblo.

Detrás de las casas grandes, pasando otra pendiente menos pronunciada, la casa de huéspedes, una residencia amplia con ventanales, árboles arqueados pero verdes y antejardines. El chofer detuvo la calesa, se bajó y amarró el caballo a un poste. Luego abrió la puertecita y uno por uno descendimos. De la entrada a la residencia surgió una figura alta e imponente. Era Cummings.

–Ernst, qué agrado –le dijo, estrechándole la mano.

–Lo mismo digo, Walter –respondió mi tío–. Ésta es mi sobrina, Wyetta, ha venido conmigo para la firma. Ella representa a Victoria, su madre, que está delicada de salud.

–Sí, lo sé, Ernst, la señorita Eastman puede firmar. Ya veremos los documentos. Me imagino que están cansadísimos.

–Sí y con hambre –respondí, rompiendo el protocolo. Navidad me miró molesto.

–Pasen, por favor. Les tenemos la cena lista.

Vino entonces el ama de llaves, que dijo ser Adelaide y nos saludó de reverencia. Armando repitió el gesto y Adelaide sonrió cálida.

–Qué simpático el niño –me dijo–. Vamos, por favor –agregó, para que la siguiéramos al interior de la casona.

Nos detuvimos unos segundos en el salón principal, que tenía una alfombra tan grande que casi cubría el piso en su totalidad, la chimenea ardiendo y sillones de cuero. Apareció un jovencito para buscar nuestro equipaje. Le entregué mi morral y Navidad un maletín de mano. Adelaide nos llevó a uno de los comedores, donde nos sirvieron sopa caliente y leche tibia. Armando comió muy rápido, pero le noté esa tristeza en la mirada que ya le conocía tan bien.

–No pienses en eso ahora, que es de noche y no podemos hacer nada. Mañana lo hablamos, ¿está bien? –le dije, para tratar de calmarlo, asumiendo que pensaba en que ése no era su pueblo.

–Vayan a descansar, yo tengo que hablar unos asuntos con Cummings –me dijo Navidad, antes de levantarse para salir del comedor.

Armando y yo cenamos ante la mirada atenta de Adelaide, quien permaneció de pie junto a la vitrina de copas de cristal un largo rato. Cuando acabamos, nos condujo a nuestra habitación, una estancia amplia con dos camas y una mesita de noche con una lámpara de aceite que ya estaba encendida cuando ingresamos.

Yo sentía la garganta seca y la nariz congestionada por el polvo que flotaba sobre la salitrera, que me daba comezón en los ojos y hacía que todo pareciese envuelto en neblina, pero Armando era inmune a esas partículas, respiraba como si no pasara nada. Los dos estábamos muy cansados y creo que fue una de las pocas noches en que nos dormimos sin grandes cuestionamientos.

A la mañana siguiente, Armando estaba jugando con las piedrecitas de la payaya cuando me desperté sobresaltada, creyendo que se me había pasado la hora, porque el sol estaba muy encima de nosotros, pero eran recién las seis de la mañana. Ese fue uno de mis primeros descubrimientos de aquel día, que en *la* Atacama amanece más temprano. Como fuera teníamos una jornada larga por delante, así es que me llevé a Armando a los servicios, para lavarnos la cara y prepararnos para desayunar.

Nos aparecimos con timidez por el gran comedor. El desayuno estaba servido y Adelaide vigilaba las acciones de mi tío Navidad que comía con Cummings.

−Señorita Eastman −me dijo Cummings, levantándose de su asiento. Lo mismo hizo Navidad.

−Señor Cummings… Tío −respondí, inclinando la cabeza con una naturalidad que sólo pude atribuir a las lecciones de etiqueta que Victoria nos imponía a mi hermana y a mí.

Mi tío y su socio terminaron muy pronto de comer y se retiraron al estudio, eso presumí, para concretar la venta por fin. Su ausencia abrió el apetito de Armando de par en par y se tragó los huevos pasados por agua. En eso oímos la campanilla de la entrada, a lo que Adelaide se retiró para atender el llamado. Minutos después escuchamos la voz apagada del ama de llaves conversando con alguien, hasta que de pronto reapareció en el gran comedor y se acercó para susurrarme al oído.

−Señorita Eastman, afuera hay una mujer preguntando por el niño −me dijo.

−¿Una mujer?, ¿dijo algo más? −le pregunté intentando que Armando, sentado al frente mío y fascinado ahora con las naranjas, no me oyera.

−No, solo preguntó por un niño Olivares. Y éste es el único niño que ha venido a hospedarse aquí. Está esperando en el recibidor.

−Está bien. Por favor, quédese con él por un momento, la iré a atender −dije, levantándome de la silla para ir a la puerta.

−¿Dónde vas, Galleta? −preguntó Armando.

—A ver unas cosas, pero no te preocupes tú, Armando, termina de comer. Adelaide te puede traer más huevos, ¿quieres?

—Yo te preparo más, Armando, ven —Adelaide le dijo al niño y comprobé que en un breve lapso, nos habíamos ganado una aliada.

Me apresuré hacia el recibidor. Un dolor en el bajo vientre inició un ataque sordo, que fue acrecentándose hasta volverse retortijones y reclamos sonoros conforme me acercaba a la mujer. ¿Sería ella la madre? Me asomé con cuidado para tener la ventaja de verla antes de que ella me atisbara. No se parecía a Armando, ¿quién sería? Me inquieté, pero ya estaba allí. La mujer se volteó y me encontró espiándola.

—Buenos días —le dije, estirando la mano hacia la mujer con tal de establecer mi "superioridad" tan pregonada por Victoria al momento de hablar de *nosotros* los ingleses y *ellos* los locales.

—Buenos días, señorita. Mire usted... este... Es por el niño... el niño... —contestó, mirando a su alrededor, como asustada de que alguien la fuera a oír.

Le indiqué la puerta y salimos al antejardín, donde había algunos cactus también, como en mi casa y unas flores de color rosado que nacían de plantas semejantes a dedos verdes.

—Dígame... —la insté.

—El niño, Armando, ¿usted lo encontró?, ¿es cierto que está acá?

—¿Usted es la mamá?

—No...

—¿Dónde está la mamá?, ¿quién es usted?

—Yo soy la tía. La mamá de Armando es mi cuñada... Está... oculta... por lo de Santos Patronos.

—¿Usted es la tía?... —titubeé un momento, la mujer asentía con la cabeza, preocupada— Pero el niño dice que no es de aquí.

—Es cierto, él no es de aquí. Ellos son de Juan Aventura, una oficina que queda a un día caminando. Pero la mamá está acá, escondida conmigo. Tuvo que arrancar de Juan Aventura... todavía andan buscando a los dirigentes...

Mi hermano era dirigente…

−¿Por qué Armando andaba en los trenes?

−Se fue sin permiso siguiendo al papá, a Iquique, a la gran huelga. Lo dábamos por muerto, pero alguien dijo que lo habían visto subirse al tren, al Longino… −la historia de la mujer cuadraba, tuve que reconocer.

−¿Cómo se llama usted?

−Rosa Olivares.

Comprendí que el dato que le habían dado a Victoria, a través de Atalaura, era correcto. Sí había una familia Olivares buscando un niño en Feliz Patria; pero no eran los padres, sino la tía.

−Espéreme aquí −le dije y me retiré a paso rápido donde el niño. Me lo encontré en la cocina con Adelaide, mirando atento cómo la mujer pelaba porotos verdes.

−Armando, vamos −le dije, cogiéndolo de la mano para llevarlo a nuestra habitación− ¿conoces a una Rosa? −en el camino le consulté.

−¿Mi tía Rosa?

−¿Y te suena Juan Aventura?

−Sí, ¡ahí nací yo! −respondió con convicción.

−Vamos, tu tía te está esperando allá afuera.

El rostro de Armando se iluminó, recogió las piedras de la payaya que había dejado sobre la cama y se las metió al bolsillo. Me miró a mitad de la operación, como recordando que el día anterior me las había regalado. "Está bien, son tuyas", le dije, sintiendo un súbito vacío en el pecho y la vista borrosa por la realidad de dejarlo partir.

−Armando −le dije antes de salir al antejardín, frenando su ansias por reencontrarse con la tía −. Yo te quiero y nunca te voy a olvidar. Me alegra de que te vayas con tu familia.

Era extraño que aquel momento que tanto deseé para él, estuviera tan plagado de pena. Cuando estuvimos afuera, Armando vio a la tía que lo estaba esperando y corrió a sus brazos. La tía lo alzó y ambos se rieron, como si dos grandes amigos se volvieran a encontrar después de una larga separación.

–¿Y mi papá? –oí decir a Armando, quizás recordando algo de lo vivido en Santos Patronos.

–Tu mamá te está esperando. Vamos –le respondió la tía.

–¿Y mi papá? –insistió el niño.

–Tu papá… tu papá… –la tía tomó una larga pausa, la noté acongojada– ¡Vamos a buscar a tu mamá! –le dijo, con un entusiasmo que sonó forzado.

La mujer dejó a Armando en el suelo y ambos se marcharon, cogidos de la mano. Ninguno se fijó más en mí. Vi esa manita gruesa y blancuzca tomada de la otra, alejarse para siempre de mi vida y lloré en silencio, con lágrimas que apenas si alcanzaban a dejar su nacimiento en el lagrimal. Lloré callada con ese vacío en el pecho agrandándose conforme la silueta de Armando se empequeñecía, contra el sol de *la* Atacama que alumbraba tanto y tan fuerte hasta que ya no pude ver las piernecitas chuecas de ese niño vulnerable, pero envalentonado, que había sobrevivido una matanza. Lo vi alejarse, esperando en vano a que se volteara para mirarme una última vez.

CRUZANDO MARES

El viaje de regreso a Antofagasta estaba programado para el día siguiente. Navidad, Cummings y yo tuvimos un par de reuniones para firmar infinitos papeles. Cummings parecía satisfecho y revisaba cada uno de los escritos acariciándose las patillas. "Perfecto", añadía, depositando el documento en una bandeja de plata, para continuar examinando el siguiente.

Después de la partida de Armando, me dediqué a cumplir las instrucciones de mi tío, sin ánimos ni fuerzas para rebelarme contra nada. Escribí mi nombre sobre los renglones que decían *William H. Eastman*, con gran pesar. Me parecía que con ese acto de entregarle a Cummings las propiedades a cambio de unas cuantas monedas, mi padre y su vida de trabajo se disolvían en la tinta de aquella pluma. Otro embrujo de *la* Atacama, pensé. El desierto también había engullido a mi padre.

Por la tarde, cuando ya quedé libre y Navidad se fue a recorrer las faenas con Cummings, me fui a la biblioteca de la casa y hastiada, hojeé más de veinte libros. Sin ningún interés particular salí al antejardín, pero tuve que ingresar al resguardo de la sombra puesto que el calor era peor que en la estación Varillas, que me parecía el infierno sobre la tierra. Entonces pensé en Ulises y en Armando; y en la urna con las cenizas de mi padre. Pensé en lo que quedaría atrás, atrás para siempre, porque ya estaba decidido, me llevarían a Inglaterra. Un humor muy negro se me alojó en el cuerpo esa tarde en Feliz Patria, que de feliz no tenía nada.

Cuando por fin era la hora de viajar, nos montamos a la calesa y partimos camino a la estación. Pude ver el pueblo a plena luz de día. Grupos de mineros que se dirigían a sus labores, casi arrastrando los pies, con un cansancio que parecía milenario; sin embargo, bromeaban y se reían, como si ellos le hubieran ganado el juego a *la* Atacama.

El tren ya estaba en la estación cuando llegamos. Era un tren con pocos carros, solo segunda y tercera clase. Subimos al vagón de segunda. Ya no era necesario escondernos, la venta estaba consumada y habíamos saldado las minas a buen precio, con tal de que Spencer se viera obligado a transar sus acciones muy por debajo de su valor real, como parte del plan ideado entre Cummings y mi tío. Avanzamos por el pasillo del tren y nos sentamos, yo junto a la ventana.

Apenas tres o cuatro personas se aparecieron por la estación, eran hombres jóvenes. El tren lanzó su pitido y supe que partiríamos pronto. El vapor de la locomotora rodeó los vagones, casi no podíamos ver hacia el exterior cuando lo escuché. "¡Galleta!, ¡galleta!" Sobresaltada, traté de limpiar la ventana empañada por el vapor. "¡Galleta!" escuché de nuevo y me levanté, me fui hacia la puerta del vagón porque el tren ya partía. Fue allí que lo vi, era Armando corriendo de la mano de una mujer distinta, no era la tía Rosa, sino su madre. Habían ido a despedirse de mí. "¡Galleta!", gritó cuando me vio asomarme por el descanso. "¡Armando!" grité fuerte por sobre los bramidos de la locomotora. El tren cobró velocidad y casi no podía distinguirlo, pero el niño de piernas chuecas continuó haciéndome señas hasta que se tornó un puntito en el espacio marrón de *la* Atacama y con cada seña, lo que quedaba de tristeza en mi corazón se disolvió hasta convertirse en un dulce recuerdo, que vuelve a mí ahora con mayor intensidad, ahora que es mi turno de volverme madre.

El resto del viaje lo hicimos en silencio y con el correr de las horas, mi tío lucía más y más taciturno. Se acababa la época de aventuras, inversiones y ganancias para él. Los Eastman se iban. Nos íbamos. El éxodo de ingleses, que había comenzado poco después de la gran guerra, nos alcanzaba a nosotros también. No cruzamos palabra, mi tío Navidad y yo. Mejor así, no hubiera sabido qué decirle.

Horas después arribamos a Baquedano, la estación de cambio hacia Antofagasta. Descendimos del tren, pero Navidad me indicó la plataforma del Longino, y no la del convoy al puerto.

—Te dije que no te vas a escapar —dijo en voz baja.

—Ni lo iba a intentar —le respondí un tanto perpleja, aun cuando adivinaba sus aprensiones.

De la estación surgieron mi madre y Atalaura, para asombro mío. En ese momento até los cabos, habían preparado y coordinado los viajes de antemano para que yo no tuviera oportunidad de desertar. Lo que ellos no sabían es que yo había perdido el deseo de sublevarme. De hecho, les saludé con algo similar al júbilo. En especial a Victoria, quien me cogió de ambas manos y nos sentamos, una junta a la otra, a esperar la llegada del tren.

—¿Es muy difícil? —me dijo de pronto, muy quedo— ¿andar en el tren así?

—Al comienzo sí, pero muy luego aprendes. Y más fácil si te ayudan —contesté, sin tentar al conflicto y pensando que ella me había encargado a los ferroviarios.

—Me alegra, Wyetta, que lo hayas hecho. Que hicieras lo que creíste era lo mejor para ti. Yo nunca tuve esa fuerza.

—Sí la tiene, madre. Pero tal vez no lo sabe… ¿gringa Vicho? —repliqué con tacto, queriendo entender la raíz del apodo.

—Gringa Vicho, sí, así me llamaban en Perú.

—Gracias —agregué—, por cuidar de mí, en el tren. Sí, fue mucho más fácil después.

Pronto el Longino se anunció con sus pitazos roncos, seguido de confusos momentos en que los otros pasajeros se aglomeraron en el andén; el convoy se detuvo y de la locomotora descendió Rafael, el amigo de Ulises. Sentí un súbito pudor, me torturó la idea de que se burlara de mí o que hiciera algún comentario inapropiado a mi madre, sobre mis estadías con Ulises. Sin embargo, recordé el robo del maletín con acciones y me calmó saber que él estaba más comprometido que yo, en caso de infidencias.

–Señora Vicho –saludó a mi madre con un movimiento de cabeza.

–Rafael, muchas gracias por sus servicios –respondió mi madre. Entendí que la breve conversación se refería a mí.

–Ya pueden abordar –concluyó Rafael.

Atalaura se acercó para ayudar a mi madre a subir al vagón. Le costaba trabajo levantar las piernas, más aún coger el pequeño maletín de mano que llevaba con lo necesario para el viaje de tres días que nos esperaba. No sólo su cabello lucía menos lustroso, también había perdido centímetros de estatura.

Yo esperé abajo para poder hablar con Rafael. Quería preguntarle por Ulises.

–Ya se fue –me dijo–. No sé dónde está –agregó–, retirándose hacia la locomotora.

Pronto partiríamos, así es que también me monté en el tren. Navidad había estado esperándome, no me dejaba sola y tenía razón, a sus ojos yo ya no era de fiar.

Primera clase estaba vacía y comprobé que éramos los únicos que abordábamos ese día. Mi madre se acomodó junto a la ventana, así es que me acerqué para irme con ella, seguida de Navidad. Atalaura nos ayudó a disponer de nuestros bultos en los compartimentos y se iba para segunda clase cuando mi madre la detuvo. "Viaja con nosotros, Atalaura", se limitó a decir, a lo que nuestra cocinera obedeció ubicándose en los asientos frente a nosotros.

Mi madre durmió mucho en el viaje y en las pocas horas que pasaba despierta, se dedicaba a la lectura. Había traído dos volúmenes de su amado escritor Byron. Atalaura la atendía dándole de beber unas gotas, un par de veces durante la jornada.

–¿Qué son esas gotas, Atalaura? –le pregunté, en una de las cuantas siestas que mi madre tomó.

–Para el dolor, Galleta.

Victoria se agotaba ante el menor esfuerzo. Aquella mujer que en otro momento fue altiva, fuerte y dominante, ahora arrastraba los pies con cada paso que daba cuando íbamos a los lavabos y al coche comedor. Pero allí, rodeada de la vajilla fina, el terciopelo rojo y los comensales más adinerados de segunda clase, ella revivía como un cactus que hasta entonces lucía seco, pero que de pronto renacía para dar la flor más brillante en *la* Atacama.

El viaje era cómodo en primera clase, tanto que no calculé el avance de las horas y pareció demasiado pronto la llegada a Varillas. Además, el itinerario era diferente y alcanzábamos la pequeña estación al atardecer. Hubo un pitazo, luego otro. Miré por la ventana y allí estaba la caseta que me había servido de refugio y de aquel primer encuentro con el amor de un hombre gordo y narigón. Con el tercer pitazo nadie se mostró. Era cierto lo que había dicho el conductor. Efraín, alias "Ulises", se había marchado.

–Hay algo que tengo que hacer –le dije a mi madre, levantándome del asiento con la intención de bajar en Varillas.

–¡Wyetta! –alzó la voz Navidad.

–Déjala ir, Ernst –añadió mi madre, mirándome confiada.

–Hay algo…

–Ve –interrumpió mi madre, indicándome la puerta del vagón.

Me bajé a la carrera, mientras Rafael, el conductor, descendía con el ayudante para cargar ellos mismos el agua. Empujé la puerta de la estación que estaba sin candado. Adentro sólo quedaban la cama, la mesa, la silla y un baúl vacío. Miré debajo de la cama y me encontré con las tablas desclavadas en el piso. Efraín había retirado el botín que allí ocultaba, las acciones a nombre de Ulises Navarrete.

Salí sintiéndome confundida o abandonada, no estaba segura. Me encaminaba al vagón de primera cuando Rafael me detuvo.

–Te dije que Efraín se fue, Galleta y se llevó sus cosas.

–¿Sabes a dónde?

–No, nadie sabe.

Me monté al carro para sosiego de Navidad, quien me había estado esperando junto a la puerta todo el rato. Avancé por el pasillo pensando en la fuga de Efraín. De seguro había encontrado la forma de cobrar las acciones, de volverse definitivamente Ulises Navarrete y dejar atrás al Efraín camorrero que lo había llevado a esconderse por años en la estación Varillas. "¡Qué bueno, narigón!" pensé, cuando dejamos la estación.

La estadía en la capital fue a la rápida. Nos esperaba un ir y venir de trenes desde allí hacia el puerto. Un punto que no hubiera significado nada, a no ser por Atalaura. La despedimos en la estación Mapocho, ya que tenía que irse a la estación Central para abordar el tren que la llevaría al sur, a su tierra, donde esperaba reunirse con su hijo Eduardo. Yo, que siempre abundo en palabras, no supe qué decirle. Fue como si me cogieran del corazón y me lo exprimieran lentamente. Atalaura estrechó la mano de Navidad, luego la extendió hacia mi madre, pero Victoria ignoró el ofrecimiento, dándole, en cambio, un apretado abrazo que pareció de hermanas. Cuando me tocaba despedirme, yo lloraba tanto que apenas podía distinguirle el rostro, la sal de las lágrimas me nublaba la mirada. Nos abrazamos. "Te quiero, Galletita", me dijo. "Estoy muy orgullosa de ti", añadió. Yo, con los hipos, traté de decirle que también la quería y que saludara a Eduardo de mi parte.

Atalaura se fue con su canasto de mimbre y su caminar cimbreado escoltada por un ayudante que Navidad contrató para que la llevara a la estación Central. Llevaba dos maletas. Toda su vida en el norte del país, se reducía a dos maletas.

El resto de trenes y combinaciones fue agotador, pero pronto estuvimos en el trasatlántico. En el puerto de embarque nos encontramos con una línea larguísima para abordar, donde gentes de todas las hablas se amontonaban ante la extraordinaria altura de aquella nave. El barco haría innumerables recaladas hasta tocar las costas de Inglaterra y sería una larga navegación a lo largo de mares indómitos, como el Pacífico y otros más domesticados, como el Atlántico.

A bordo, uno de los oficiales nos dio la bienvenida y un botones nos guió hacia nuestras cabinas, que eran cómodas para ser de un barco. Nunca había estado en uno, no era como el tren que llevaba un traqueteo particular dictado por los durmientes. El barco se movía en todas direcciones, caprichoso, siguiéndole el baile a las olas. Tuve miedo y náuseas al mismo tiempo.

—No te asustes, Wyetta, éste es uno de los barcos más seguros… y respira profundo para los mareos —me dijo mi madre, al verme pálida, al centro de nuestra cabina, intentando mantener el equilibrio y la compostura del estómago, mientras desempacábamos.

Zarpamos tras las sirenas del trasatlántico, que chillaba más ronco y más enérgico que el Longino. Por la tarde nos vestimos de gala para presentarnos en la cena. "En la mesa del capitán", había dicho Navidad. "Un desfile de platos, bebidas y postres", agregó entusiasmado. Noté que Navidad estaba feliz de volver a su tierra. No así Victoria, que había puesto la urna con las cenizas de mi padre en el escritorio de nuestra cabina. Yo no sabía qué sentir. De pronto la peripecia culminaba demasiado rápido, sin darme espacio de entender qué me estaba pasando.

A la mañana siguiente, mi madre y yo iniciamos una de las prácticas que marcarían la rutina del viaje, un ritual con sabor a tregua, en una travesía en la que quizás una hija perdida y una madre enferma, se reencontrarían. Después de desayunar nos sentábamos en la cubierta, con frazadas en las piernas, a disfrutar del sol matutino, la brisa fresca y una taza de té. Todavía podíamos atisbar el litoral chileno, mientras el barco rodeaba ese país delgado que nos cobijó por tantos años, para hacerse al Atlántico. Mirábamos el azul con sobrecogimiento, el azul que muy pronto nos envolvería.

—Eres igual a tu padre —me dijo otro día, en que apareció por la cubierta con el legajo que tantas veces le demandé que me mostrara.

–Sabes que no –le contesté, con la imagen de mi rubio padre en la mente y sobresaltada ante la vista del legajo.

–Yo nunca fui como tú, hija, nunca luché por lo que yo quería –replicó entristecida, sujetando el legajo entre sus manos–. Te lo voy a dar, pero no todavía –añadió.

A continuación me contó, al vaho tibio del té negro y frente a la evidencia de que yo no le disputaba el legajo, que de joven se había enamorado de un capataz, Edmundo Choque, un trabajador de las minas de plata que pertenecían a su familia, los Forrester, en Perú. Y que en cuanto sus padres se enteraron, organizaron la boda con William, el menor de los Eastman, dos ingleses recién llegados que se abrían espacio en el mundo de los negocios en el nuevo continente.

–Por eso nos fuimos a Chile –agregó–, mis padres ofrecieron dinero para invertir en el salitre, si William se casaba conmigo.

Mi madre amó durante mucho años a Edmundo, según me dijo. Pero también llegó a amar a William, quien poco a poco se fue endulzando ante la decencia e integridad de Victoria, cuyo vientre crecía con disimulo en aquella ciudad polvorienta que era Antofagasta. Victoria lo conquistó sin querer, eso me dijo.

"Se puede amar a dos hombres, Wyetta", reflexionó otra mañana, hablando de cómo el posterior nacimiento de mi hermana Madeline había consolidado el matrimonio.

Fue por esa época en que Victoria escribió a sus padres amenazándoles con difundir sus amoríos con el peruano y la verdad de mi nacimiento, si no le aseguraban una parte considerable de las minas de plata. "No les gustó la situación, por eso tuvieron que acceder", comentó en otra jornada.

El legajo que yo tanto reclamé, sí contenía evidencias de mi origen y en una jornada de nubes, en que Victoria lo custodiaba sobre sus faldas, me lo entregó. Lo cogí con cuidado y lo abrí lento, como temiendo que fuera a desaparecer o yo despertase de un largo y buen sueño, en el que mi madre por fin me diría la verdad.

Adentro había un par de cartas amarillentas, era el documento con mi herencia y un retrato. El rostro de un hombre moreno, de nariz aguileña como la mía, el cabello negro y brillante, liso. Los pómulos pronunciados, los ojos vivaces. "Sí, soy igual a mi padre", le dije, secándome con reserva una lágrima que empezaba a correr por la mejilla.

Cuando estábamos en el centro exacto de nuestro viaje, me dijo que William me quiso como a una verdadera hija y que nunca hizo diferencias; y era cierto, mi padre era quien se apresuraba en presentarme como su primogénita, ante las miradas curiosas de los invitados. También me contó que Edmundo Choque murió años después de que ella cerrara el negocio bajo amenaza con sus padres, en un accidente en la mina de plata y que desde entonces llevaba un lazo negro en la pechera del vestido. Cuando sus amigas pintarrajeadas le preguntaron por qué portaba ese minúsculo luto, ella respondió que por un pariente lejano que había partido. Lo mismo nos dijo a Madeline y a mí.

—¿Por qué nunca me lo contaste antes?, ¿por qué me dejabas llorar y hasta vomitar de rabia, cuando yo te preguntaba? —le dije un día, en que la antigua furia había renacido en mí.
—Por tu padre. William aceptó casarse conmigo, pero me hizo prometer que no se hablaría jamás del tema. Era un acuerdo. No lo podía romper.

Las semanas pasaron entre cenas, desayunos y almuerzos, entre siestas forzadas por las gotas que mi madre debía beber. Entre la enfermedad que la consumía, pero a la cual ella no quería dar importancia. El único tema que estuvo vedado entre nosotras, en ese largo viaje de regreso a Inglaterra, fue su estado de salud.

Muy pronto Navidad se hizo de nuevos amigos y nuevos socios. Firmó acuerdos para continuar la explotación de carbón en Inglaterra e invertir en el área de transporte. Navidad, con sus patas de langosta, estaba de vuelta.

En una de las últimas jornadas sobre el barco comprendí que todas las revelaciones que Victoria me había hecho quedarían para siempre sobre el mar, como si el agua salada hubiese sido el vehículo, pero a la vez la tumba, de todas sus confesiones. Jamás tocaríamos el tema en tierra firme, en la gran patria de los Eastman y los Forrester, quienes habían dejado el tabú de mi concepción en el pasado, anclado en el continente americano. Pronto veríamos a Madeline y a la abuela Fiona y a toda la parentela que vivió con nosotros a través de cartas durante nuestra permanencia en Chile.

Edmundo Choque, ese fue mi padre. Y William H. Eastman, ese también.

La última mañana sobre la cubierta, en un ritual que nació frente a las costas chilenas y que ahora culminaba a la vista del litoral inglés, le devolví el legajo a mi madre. El legajo con la verdad de mi origen, con la información que tanto quise desvelar, que durante años imaginé de las versiones de mi nacimiento, de mis raíces. Esa última mañana sobre la cubierta, cuando ya sabía lo que necesitaba, me di cuenta que más que conocerme a mí misma, había llegado a conocer a mi madre. "Yo nunca fui como tú, hija", había dicho días atrás sin saber que yo la admiraba por las decisiones que tomó, los sacrificios que hizo y las renuncias que acarreó sobre los pesados faldones de sus vestidos de terciopelo.

"Nunca luché por lo que yo quería", se había lamentado, sin reconocer la inmensa fuerza que requirió su estadía en una tierra inhóspita, sólo hecha para mineros; la fuerza con la que me crió a la costumbre y usanza inglesas y con la que me impuso ante todos como su verdadera hija, resistiendo los innumerables empellones que le di.

Con la espuma del océano rompiendo contra el malecón, dejé evaporarse el resentimiento que acuñé por tanto tiempo. Victoria era *mi* madre.

"Yo soy igual a ti", le dije esa última mañana, antes de desembarcar.

ÍNDICE

Encuentro	13
Fuerza pública	27
El pavor	37
A la buena	45
A la capital	55
El frío	73
Al norte	87
Antofagasta	97
La casa vacía	109
Feliz patria	119
Retornos	129
La tía	141
Cruzando mares	153

CPSIA information can be obtained
at www.ICGtesting.com
Printed in the USA
LVOW01s0539280916
506514LV00001B/2/P

9 789569 693069